版权专有　侵权必究

图书在版编目（CIP）数据

这才是孩子爱读的三国演义.三足鼎立/(明)罗贯中原著；梁爱芳编著；小林君绘.--北京：北京理工大学出版社，2024.3
　　ISBN 978-7-5763-3125-7

Ⅰ.①这… Ⅱ.①罗…②梁…③小… Ⅲ.①《三国演义》—少儿读物 Ⅳ.① I242.4

中国国家版本馆 CIP 数据核字（2023）第 224126 号

责任编辑： 申玉琴	**文案编辑：** 申玉琴
责任校对： 刘亚男	**责任印制：** 施胜娟

出版发行 / 北京理工大学出版社有限责任公司
社　　址 / 北京市丰台区四合庄路 6 号
邮　　编 / 100070
电　　话 /（010）68944451（大众售后服务热线）
　　　　　（010）68912824（大众售后服务热线）
网　　址 / http://www.bitpress.com.cn

版 印 次 / 2024 年 3 月第 1 版第 1 次印刷
印　　刷 / 三河市金元印装有限公司
开　　本 / 880 mm × 1230 mm　1/16
印　　张 / 8.5
字　　数 / 100 千字
定　　价 / 299.00 元（全 8 册）

图书出现印装质量问题，请拨打售后服务热线，负责调换

主要人物

马超

许褚

杨修

张松

周仓

甘宁

黄忠

庞德

华佗

目录

51 许褚裸衣战马超
—— 许褚真是虎啊 1

52 献西川张松送地图
—— 西川这块肥肉掉进了刘备嘴里 16

53 赵子龙截江救阿斗
—— 孙尚香又被利用了 28

54 刘备自领益州牧
—— "三分天下局" 终于成了 40

55 关云长单刀赴会
—— 鲁肃的克星就是关羽 54

56 张辽威震逍遥津
—— 张文远的封神之战 ································· 65

57 定军山黄忠立奇功
—— 姜还是老的辣 ····································· 76

58 关云长水淹七军
—— 水攻这事儿，关二爷是行家啊 ················· 91

59 关云长刮骨疗毒
—— 硬汉是怎样炼成的 ······························ 103

60 败走麦城关羽归西
—— 英雄的末路悲歌 ································ 114

许褚裸衣战马超

——许褚真是虎啊

刘备手握卧龙、凤雏两位智囊，又得了荆州这块宝地，把曹操酸得整夜整夜睡不着觉。思前想后，曹操决定先下手为强，再次南征刘备。

不把刘备除掉，等他壮大之日必定会大举北伐。

想到这里，曹操的脑海中顿时闪过当年青梅煮酒论英雄的场景，忍不住骂道："这个大耳贼，演得一出好戏！"

要是当初就能识破刘备的鬼把戏，他现在坟头的树都一搂粗了。

可若是现在就率兵南征，曹操又害怕西凉的马腾会趁机造反，腹背受敌可不行。曹操和众谋士商议了许久，最后决定还是先把马腾这个劲敌除掉。

怎么除掉马腾呢？荀攸说："不如加封他为征南将军，派他去征讨孙权，他若是接受了，就召他到许都受封，到时候……"

建安十七年（公元212年），曹操派人去西凉召马腾入许都。

马腾自然也知道曹操没安好心，但他也想趁机除掉曹操，于是启动了早年安插在许都的卧底，想来个里应外合之计，将曹操骗到城外点兵，再伺机杀掉曹操。

不料，马腾终究棋差一着，计划早早泄露，不仅没有伤到曹操的汗毛，还搭上了自己和两个儿子的性命。

曹操除掉马腾后欣喜若狂，立刻就想兴兵南下攻打刘备。但孙刘两家关系密切，若打刘备时，孙权派兵去支援，曹操也会很头疼。

这时，谋士中有个叫陈群的人站了出来，说："我听说刘备最近在训练军马，打算去夺取西川，我正好有一计，可以使刘备、孙权关系破裂。"

"什么计？"

"丞相可派大军与合肥军会合，一起攻打孙权，孙权一定会向刘备求援，但刘备的兵力有限，攻打西川就没有足够的兵力支援孙权了。等到孙权兵衰力乏之时，江东就是丞相的囊中之物了。得了江东，荆州也就唾手可得了。"

曹操欣然接纳了陈群的建议，当即派出三十万大军向东吴进发。

面对曹操这个强大的敌人，孙权终于再次选择与刘备达成政治合作关系。

收到鲁肃求救信的诸葛亮微微一笑，说："不必动用我荆州的兵马，也不必动用东吴的兵马，我有一计，可以让曹操无暇南下。"

诸葛亮的计策就是——由刘备去信鼓动马腾的儿子马超造反，替父报仇。

马超，马腾的儿子中最有出息的那个。父亲领兵去许都时，他留下来镇守西凉，可没过多久，堂弟马岱就带回了父亲被害的消息。

父亲的死让马超恨透了曹操，发誓要杀死曹操为父报仇。所以，接到刘备的书信以后，他马上到西凉太守韩遂的府上，请求韩遂和自己一起兴兵攻打许都。

韩遂是马腾的结义兄弟，也知道如果不除掉曹操，自己迟早会是下一个马腾，所以非常痛快地答应了。

两人集结了二十多万大军，浩浩荡荡地杀向长安，没过多久就攻克了长安，直逼潼关。

曹操听到长安失守的消息后，也不敢再想南征的事了，匆忙调集曹洪、徐晃作为先锋，领兵去帮潼关守将一起守住潼关，自己则亲率大军稍后就到。

曹洪和徐晃原本只打算按照曹操的吩咐坚守不出，守住潼关十日，等待曹操大军的到来。可马超天天派人在关下辱骂，又诡计频出，曹洪一个没忍住，私自出关，导致潼关也失守了。

曹操赶到潼关附近时，恨不得斩了曹洪这个冲动又不听话的东西，众将苦苦哀求这才作罢。

丢了潼关，曹军只能在附近找个地方安营下寨。第二天，曹操就亲自领兵直奔潼关，要去会会马超。

马超听说曹操在潼关前排兵布阵后，也领兵出了潼关城。

曹操骑马立于门旗下，看着纵马出城的勇武小将，忍不住愣了愣，还以为自己看见了年轻的吕布。

只见那马超面白唇红，腰细膀宽，身姿矫健，白袍银铠，手执长枪纵马前行，说不出的风流气派。勇健的西凉将士跟在他身后纵马出城，一片杀气腾腾。

待马超立马阵前后，曹操纵马上前一步，语气里带着一丝惋惜，说："马超，你是汉朝名将的子孙，为什么要造反呢？何不归顺于我，做我的阵前大将呢？"

马超嗤之以鼻，骂道："曹贼，你在说什么疯话呢！你欺君罔上，罪不容诛！害死我父亲和弟弟，我和你不共戴天，恨不得马上就杀了你！"

说完，马超就挺枪向曹操刺去，曹军帐下的大将于禁、张郃接连出战，都不是马超的对手，很快便败下阵来。李通甚至来不及逃跑，直接被马超一枪刺死。曹操直接被惊呆了。

西凉兵趁机冲杀过来，将曹军的阵形冲得大乱，士兵四散奔逃。

趁着曹军大乱，马超领着庞德、马岱及数百骑兵直奔中军而去，想要活捉曹操。

曹操如梦方醒，吓得夺路而逃。只听见身后西凉兵在喊："穿红袍子的是曹操！"

"打仗穿什么红袍？生怕敌人认不出自己吗？"曹操一边在心中暗骂自己愚蠢，一边急忙脱掉外袍甩出去。

跑了一会儿，忽然又听见身后传来马超的问话："曹操在哪儿？"

有西凉兵大叫："长胡子的是曹操！"

"没事留什么长胡子？当自己是美髯公关羽吗？"曹操又在心中暗骂自己，他拔出随身佩带的短刀，"唰啦"一下将胡须全都割去了。

没想到，身后又传来西凉兵的大叫："短胡子的是曹操！"

曹操顿时气得一佛出世、二佛升天，扯过一面旗帜胡乱裹住自己的脖颈，像个没头苍蝇一样继续往前闯。

正逃命间，就听见身后马蹄声越来越近，曹操回头一看，吓得魂儿都快飞了——是马超追上来了。

马超边追边喊："曹贼休走，今天就是你的死期！"

喊罢，马超使出浑身力气，对准曹操一枪刺去。曹操惊恐极了，急忙绕着一旁的大树躲避。

马超见一击不中，又追着曹操接二连三地刺去。

曹操虽然武力不济，运气却好得很，马超刺向他的一枪直接刺到了树干上，因为力气太大，长枪深深刺入树干中。等马超费劲儿将长枪拔出来时，曹操早就跑远了。

马超还想去追，突然从山坡后冲出来一员曹军大将，高喊着："勿伤吾主，曹洪在此。"边喊边拦住了马超的去路。

马超和曹洪缠斗了好一会儿，眼看就要胜利了，却见夏侯渊领着数人朝这边飞奔过来，马超担心自己寡不敌众、遭人暗算，十分干脆地掉转马头回营去了。

却说曹操狼狈地逃回中军大帐后，喘了好半天，三魂七魄才归了位，他忍不住感慨道："幸好当初留了曹洪一命，不然我今天就要死在马超手里了。"

"这个马超如此骁勇,怎么对付他呢?"

"马超将全部兵力都集中在潼关,河西一带一定空虚。丞相不如悄悄派一支军队渡过蒲阪津,截断马超的退路。丞相再带人从渭河北面发动攻击,马超得不到接应的人马,必然支撑不住。"

曹操欣然同意,悄悄调度军马。

潼关的马超每天都到曹操寨前骂阵,曹军只是高筑营垒,坚守不出。后来探马探到曹军悄悄准备船筏,就猜出了曹操的打算,准备将计就计。

等到曹操大军渡河之时,马超突然杀出,曹军乱作一团。危急时刻,幸得许褚背上曹操纵身一跃跳上船头,曹操这才逃过一劫。

"放箭!"马超追到岸边,见船已经离岸,连忙下令道。

一时间,羽箭像流星般飞去,把船上的小卒都射翻落水,船停在江心无法前行。

许褚一手举着马鞍为曹操遮挡,一手执篙撑船,用双腿夹着舵控制方向,保持如此高难度的动作将船划向对岸。

西凉兵惯于骑射,不熟悉水战,一时间都被许褚的举动惊呆了:"还能这么玩?"

"差一点儿就能活捉曹操,竟然又被人救走了!"马超又惊又怒,"想不到曹操帐下竟然还有这样的猛将!"

一旁的韩遂说:"贤侄,你不知道吗?这员猛将叫许褚,绰号'虎痴',是曹操的虎卫军首领。据说他力大无穷,贤侄若是遇到他,一定要当心!"

马超笑着道:"我早就听过他的大名了,倒是想亲自会会这头虎!"

韩遂说:"倒也不急,应该很快就能遇上。如今曹操已经到了渭河北岸,时间一久,更加不好对付了。不如趁着他还未安营扎寨,连夜带人去偷袭?"

马超欣然同意,当夜就带人偷袭曹操。

曹操也防着他来这一出,早早设下埋伏,等马超的人马一到,四面伏兵立刻一涌而出。双方缠斗到天亮，才各自收兵。

为了不让曹操在渭水北岸站住脚，马超每天带着西凉士兵到曹操寨前放火。没有堡垒，曹操的大军日夜"裸奔"，这不是给西凉兵当活靶子嘛！

曹操原本采纳了荀攸的建议，想取渭河泥沙筑一座土城，可当地沙土没有黏性，土墙筑起来就倒，曹操也无计可施了。

就在曹操愁眉不展时，隐居在终南山的隐士娄子伯给曹操出了一个主意：趁着冬天刮西北风的时候，将水泼在土墙上，只需要一夜过去，水结成冰，土墙就不那么容易破坏了。

曹操连夜派士兵边挑沙土边浇水，一夜北风紧，气温骤降，滴水成冰，仅用了一个晚上就筑起了一座坚固的堡垒。

"哈哈哈！天助我也，天助我也！"曹操欣喜若狂。

第二天，马超前来叫阵时，被眼前这座突然拔地而起的堡垒吓得不轻，这是哪位神仙下凡来帮了曹操？

曹操也终于有空应付一直给自己找麻烦的马超了。他悠闲自在地骑着马，身后只带着许褚一人，得意扬扬地来到阵前，扬鞭对着马超喊道："马超小子，你总欺负我立不起营寨，如今我一夜之间就筑起了一座城池，你睁眼瞧瞧如何？连老天爷都助我，我劝你还是早日投降吧！"

"呸！少废话！"马超恼怒地啐了一口，刚想上前去活捉曹操，就看见曹操背后跟着的将军正瞪大双眼紧盯着自己，一副严阵以待的架势。

马超怀疑他就是许褚，故意开口问："谁是许褚？出来说话！"

许褚闻言，提刀纵马从曹操背后闪出，大声应道："我就是许褚！"

马超细细打量了一番许褚，只见他双目炯炯有神，威风抖擞，也忍不住在心里暗赞："果真是一名神将！"再看曹操只带着许褚一人出阵，疑心他设了埋伏，当下也不敢久留，掉转马头回了西凉营寨。

曹操回营后，忍不住哈哈大笑，说："马超也听说过仲康的虎侯威名啊！"

许褚非常得意，拍着胸口说："明天我就去活捉了那马超！"

很快，许褚的决战书就送到了马超手里，里面尽是些嘲讽的言辞，还说马超是贪生怕死之辈，不如早些投降。

马超看完战书后，骂道："这匹夫是觉得我不敢应战？简直欺人太甚！我马超身经百战，眼中何曾有个怕字！明日我必诛杀许褚！"

次日，马超披挂整齐，提枪上马，威风凛凛地站在阵前，命军校大声呼喝许褚的名字。许褚闻言，舞刀跃马冲出阵前，与马超杀在一处。

许褚身强力壮，带着拼命三郎的气势，打仗不要命；马超身形矫健，一杆长枪上下纷飞，舞得虎虎生风。二人转眼就战了一百多个回合，还没有分出胜负，但把两人的马都累得呼哧带喘，眼看就支撑不住了。

马超叫道："许褚，我们换马再战！"

许褚也打上了瘾，说："好！不来是匹夫！"

一盏茶的工夫不到，马超和许褚换马回到阵前继续厮杀，又战了一百多个回合，依旧没有分出胜负。

许褚热得满头大汗，他勒马退出一箭之地，开口道："你等我脱了盔甲再战。"马超收枪同意。

许褚回到自家阵中，哗啦啦解开盔甲扔在地上，把被汗水浸透的外袍内衫都脱了。而后，他像一头狂野的猛兽，赤着上身向马超扑过去。

不光是曹军，就连彪悍勇猛的西凉兵也没见过这阵仗！大冬天光着膀子血拼，真不愧是虎痴啊！

马超也颇受震撼，但他稳稳心神，立刻挺枪迎击，丝毫不落下风。

两人又战了三十多个回合，突然，许褚不顾自己胸膛正对着马超的枪尖，举刀朝马超的头颈砍去。这是同归于尽的打法，就算自己不要命，也要弄死马超啊。

马超歪头躲过许褚的大刀，回手一枪，刺向许褚的心窝。许褚来不及招架，干脆身子一侧，用手臂和身体夹住了马超的长枪。

马超横眉冷笑，双臂加力，喝道："撒手！"

许褚扔了自己的大刀，双手握住长枪与他拼力气。只听"咔嚓"一声，马超的长枪断为两截。许褚和马超两人各自抢过半截断枪，又开始缠斗。

曹操和韩遂见状，都担心二人出意外，各自派其他将领出阵相助。许褚一时不防，胳膊被马超的手下射伤。

曹军众将慌忙抢了许褚退回寨中，马超一直追杀到曹军营壕边，见占不到更多便宜，也回去了。

双方就这样相持了很长一段时间，曹操拿马超一点办法都没有。

曹操在帐中召集众人议事，皱着眉头说："西凉兵骁勇，这样打下去有什么意义？"

正忧心间，忽然就听见士兵来报，说韩遂派人送来了求和书。原来，双方在渭南的这场战斗旷日持久，韩遂也吃不消了，他向马超提议暂且向曹操求和，来年春暖花开时再做筹谋。马超犹豫不决，韩遂干脆背着马超，偷偷与曹操商议各自退兵的事。

曹操正愁在马超身上找不到软肋呢，韩遂的信给了他希望。他急忙找来贾诩商议对策。

贾诩说："兵不厌诈。丞相不如先假装答应退兵，然后使离间计挑拨马超与韩遂的关系，等马超猜疑韩遂时，咱们就可以各个击破了。"

"哈哈哈哈！文和好主意！"曹操闻言仰天大笑，"这场仗，终于要结束了。"

第二天，曹操让使者给马超、韩遂去信，说他同意了各自退兵的事。曹操还命人搭建浮桥，做出退兵的样子。

马超对韩遂背着自己求和的事情心有不满,又害怕曹操的退兵有诡计,只得与韩遂分兵,轮流防守。

曹操听说后,高兴坏了,隔日听说是韩遂防守自己这边,就出了寨门,故意喊韩遂出来说话。

曹操故意设套,让韩遂将众人都撇下,单人独骑到阵中与自己叙话。而后,曹操故意找一些陈芝麻烂谷子的往事叙说,一直说到日上三竿还没结束。韩遂这个头脑简单的家伙,因为曹操说的都是些陈年往事,也热烈地回应起来,根本想不到曹操是在故意设套误导马超。两军将士见曹操与韩遂谈笑风生,还时不时在马上放声大笑,都有些奇怪:"他们俩什么时候关系这么好了?"

早有人将此事告诉了马超,马超的脸色黑得像锅底一样,急匆匆地就来找韩遂,问:"叔父今日和曹操谈了些什么?为何谈得如此高兴?"

韩遂连忙解释说:"贤侄,你不要误会,我和曹操只是说了一些无关紧要的闲话罢了。"

"当真是闲话吗?难道就没有谈到战事?"马超不相信地问。

"真没有。曹操没有提,我又何必提呢?"韩遂一脸坚定地说。

马超心里还是怀疑,冷哼一声后拂袖而去。

当天夜里,曹操又命人给韩遂送了一封信。在信中,曹操故意把一些关键地方的字涂抹掉,弄得含含糊糊的,仿佛有什么见不得人的秘密似的。

韩遂刚打开信,接到密报的马超就不请自来,冷笑着对韩遂说:"听说叔父刚得了一封曹操的信,侄儿好奇,想看看这老贼说了些什么,叔父方便吗?"

韩遂觉得那信有古怪,本不想给,担心马超看了生疑。但马超不等他想出理由拒绝,一把将信抢了过去。

果然,马超一看那书信上涂涂抹抹的痕迹,便怀疑是韩遂把重要的内容涂抹了,为的就是不想让他知道。马超唇边不由自主地浮现一抹冷笑，看向韩遂的眼神也愈发冷峻了。

韩遂连忙解释说："贤侄，这不是我做的！这是曹操在陷害我，你要相信我啊！"

"叔父怎么证明自己呢？"

"明天我去将曹操骗到阵前，让你亲手杀了曹操！"

"如此甚好。"

第二天，韩遂到阵前喊曹操出来说话。曹操老奸巨猾，焉能不知道韩遂的用意？他把脖子一缩，舒舒服服地躺在帐中睡大觉，只派了曹洪带人去阵前见韩遂。曹洪大声问："昨夜丞相拜托韩将军的事，千万不要有失误啊！"

韩遂这才明白自己上了曹操的当。灰溜溜地回到营寨后，他更意识到，马超已经彻底相信自己叛变了。马超不等他靠近，便一枪刺过来，幸好有众位将领阻拦，马超才怒气冲冲地回自己的营帐。

韩遂忽然意识到，自己已经骑虎难下，非投降曹操不可了。

正当韩遂和部下秘密商议怎样连夜投奔曹操时，马超突然闯进来，一剑斩断了韩遂的左手，怒骂道："你这个吃里爬外的贼！"

韩遂被部众救走，从此与马超势不两立。

就这样，西凉军发生了火并，而曹操乘虚而入，带兵来偷袭，打得马超等人落荒而逃。韩遂被曹操封为西凉侯。

三国时期的大力士

在本回中,大块头许褚因光膀子与马超决斗而震惊四方,在《三国演义》中,还有好几位大力士,他们天生神力,个个都像天将下凡。

序号	姓名	人物名片	神力证明	名场面
1	关羽	刘备义弟、蜀汉五虎上将之一	轻松使用重达82斤的青龙偃月刀	斩颜良、诛文丑
2	典韦	曹魏著名将领,曹操的贴身保镖	在狂风中单手稳住军中大旗,纹丝不动	典韦与许褚打成平手
3	吕布	汉末群雄之一,著名将领	不费吹灰之力就能提起袁绍的大将纪灵	辕门射戟,射中一百五十步外方天画戟上的小枝
4	曹彰	曹操的儿子	臂力过人,能徒手与猛兽格斗	大败乌桓军
5	胡车儿	张绣的心腹猛将	负重五百斤,远行七百里	盗走典韦的双戟,害典韦战死宛城

献西川张松送地图

—— 西川这块肥肉掉进了刘备嘴里

曹操在渭南大败马超，再次威震天下，引得各地的野心家躁动不安。

其中，有一个叫张鲁的人，是汉宁郡太守，他从曹操的胜利中嗅到了危险的气息——曹操的下一个目标恐怕就是汉中了！

为了自保，张鲁想要自立为王，称汉宁王。

但他的功曹阎圃却说："您不如先开疆拓土，扩大自己的地盘，再称王也不迟。"

张鲁觉得他说得有道理，于是他将目光盯上了西川。

柿子先挑软的捏，这是众人都明白的道理。而普天之下最软的柿子，自然是占据西川那位不成器的汉朝宗室刘璋了。

刘璋是益州州牧刘焉的儿子，张鲁原本是刘焉的部将。张鲁在刘焉的支持下杀死汉宁太守，占据了汉中。刘璋继承了父亲的位子后，因为张鲁不服从命令，杀了张鲁的母亲和弟弟，两人反目成仇。刘璋占领的益州西部地盘就被称作西川，张鲁占据的汉中一带就被称作东川。

刘璋原本就与张鲁有旧仇，如今听说张鲁惦记上了自己的地盘，吓得好几个晚上没睡着觉。他有个叫张松的谋士，献计说："主公，目前来看，能除掉张鲁的唯有曹操。

我愿意到许都去游说曹操，请他派兵攻打汉中，让张鲁自顾不暇，那我们的危机也就解除了。"

刘璋大喜过望，拉着张松的手说："张别驾，全靠你了啊！"

别驾，在汉代是刺史一级官员的高级佐官，因地位较高，出巡时不与刺史同乘一车驾，故称为别驾。别看这张松面貌丑陋，但聪明过人，有满肚子的主意和过目不忘的本事，做别驾还是非常称职的。

当下，张松便带好刘璋给曹操准备的见面礼，到许都见曹操。临行前，他还悄悄让人画了一张西川的地图带在身上。

但到了许都后，张松等了三天，都没能见到曹操。

自从打败了马超凯旋，曹操志得意满，一颗心膨胀得整个天下快装不下了，怎么会轻易见西川刘璋的人呢？

"一个草包，又能有什么要紧事？"曹操一连三天都在喝酒，醉了醒，醒了醉。张松在馆驿里坐不稳、躺不安，耐心快要耗尽时，终于等到了召见。

曹操喜欢风流人物，一见张松那副尊容，顿时心生厌恶，压根不想听张松讲一句话。张松这个人又是个情商低的，言语间多有冲撞，曹操听到一半直接拂袖而去，进了后堂。为此，张松又憋了一肚子火。

左右的侍从见他惹怒了曹操，连忙责怪他不会好好说话，不知礼数。他反倒辩驳说："我们西川从来就没有花言巧语、阿谀逢迎的人。"

"你们西川没有，我们中原就有吗？"张松的话音刚落，后面传来一声清亮的反问。

众人回头看去，只见一个单眉细眼、貌白神清的男子缓步走了过来，正是太尉杨彪的儿子杨修，现在是曹操手下的掌库主簿。

张松见他是个能言善辩的人，有心难为一下他，便和他打了个招呼。杨修自恃才华过人，不惧任何人，当下便邀张松去外面的书院里坐下聊聊。

这一聊就聊出来些东西了——张松虽然长得不好看，但博学多才、胆识过人，且有过目不忘的本事。

杨修当即决定要向曹操举荐此人。

谁知曹操听了后还是不以为意，只勉强说道："过几天我要在西校场点兵，你让他过来见识见识，回去也好给刘璋带个话，说我过不了多久就要去取西川。"

转天，曹操在校场练兵，特意让杨修把张松喊来，张松见曹操手下的军士个个威武雄壮，大为震撼，面上却不显露，只做出斜着眼睛瞟着看的样子。

曹操不无讥讽地对他说："看看我的将士们，个顶个威武勇猛，你们西川有这样强壮的人物吗？"

张松对他的说法嗤之以鼻，振振有词道："我家主公乃汉室宗亲，在西川行的是仁义之政，不需要这样粗蛮无礼、只懂打打杀杀的将士！"

曹操听出张松含沙射影在辱骂自己不仁义，也不发怒，依旧得意扬扬地说："仁义有何用？我用兵如神，攻无不克，战无不胜，顺我者昌，逆我者亡，我就是道理！"

那一刻，张松上头了，立刻反唇相讥："丞相大人用兵果真厉害，常人所不及！只是小人怎么听说您过去在濮阳遇到吕布、宛城遇到张绣、赤壁遇到周瑜、华容道遇到关羽、潼关遇到马超，都十分狼狈，这是怎么回事？割须弃袍、夺船避箭又是怎么回事？莫非是小人在蜀中孤陋寡闻？"

这些话字字句句都在揭曹操的短，句句都戳中曹操的痛处，把曹操气得三尸神暴跳、七窍内生烟，连连怒吼："给我杀了他！给我杀了他！"

杨修急忙上前阻拦道："主公息怒！张松虽然是个不识时务的竖儒，可他是刘璋的使臣，杀他必然落人口实！让人将他乱棒打出去算了。"

其他谋士也跟着劝阻，曹操这才消气，免了张松一死。

张松来许都之前，原本打算将西川地图悄悄献给曹操，谁知曹操如此傲慢无礼，他

也懒得拿出来了。

他出发前向刘璋打了包票，能说服曹操出兵相助，没想到事与愿违，不仅没有说服曹操，还差点把自己脑袋丢了，如今他灰头土脸的，也不敢回西川。想到有人说荆州的刘备为人仗义、仁名远播，他想了想，打算顺路去荆州拜访刘备。

张松在许都的遭遇，诸葛亮早已探听清楚，因此打探到张松有往荆州来的迹象，他先是派赵云早早在路上迎接，又让关羽带着一百多人在馆驿门口击鼓相迎，可谓给足了张松面子。

第二天一早，张松在关羽、赵云的陪同下，从馆驿出发，走了不过三五里，就看见一队人马迎面而来。是刘备领着诸葛亮、庞统等人亲自来了。

张松慌忙下马相见，刘备说了一箩筐恭维的言辞，把张松捧得高高的。张松心花怒放，有心把西川地图献给刘备，便跟着刘备进了荆州城。

到了府堂，刘备设宴盛情款待，却只说闲话，一句有关西川的话也不提，反倒是张松按捺不住，出言将话题往西川方面引："松在蜀中消息闭塞，不知道刘皇叔现在有几处基业呀？"

刘备闻言喟然长叹，连连摇头。诸葛亮趁机说："张别驾休提及这个话头，白白惹我家主公伤心啊！"

"哦？怎么说？"

诸葛亮黯然道："如今这荆州还是从吴侯手里借的，吴侯三天两头拿着借地契约上门来威逼，我家主公苦不堪言。"

张松一脸愕然，问："东吴占着江南鱼米之乡，土地广阔、物资丰饶，怎么还这么不知足，连立锥之地都不愿给刘皇叔吗？刘皇叔不是东吴的女婿吗？"

庞统连连叹息，说："谁说不是呢？我家主公乃汉室宗亲，却栖惶至此；那些贼寇却攻城略地，家大业大，真是让人不平啊！"

刘备急忙打断庞统的话，说："快别这么说，我德行浅薄，哪里敢奢求那么多？"

张松却说："皇叔谦虚了！皇叔的仁义之名遍及四海，就算是称王称帝也使得，何况占据州郡呢？如今的境况，实在是令人唏嘘……"

刘备又是做出一副不敢的样子："先生此言过了，备愧不敢当！"

张松在荆州一连待了好几天，除了喝酒谈天，刘备一句要紧的话也没跟张松提过，倒让张松更加感佩，心想："本以为刘备是个沽名钓誉之徒，没想到他是个真君子！如此，我倒是动了投奔他的心思。"

临行前，张松自己捅破了这层窗户纸，他拉着刘备的手，低声说："明公为什么不取西川呢？"

刘备一副被他惊到瞠目结舌的样子，说："刘璋乃是我的宗亲，这种不仁不义的事，我怎么能做呢？这简直是陷我于不义啊！"

张松微微一笑，不顾刘备的抗拒，正色道："并非我要卖主求荣，实在是刘璋懦弱无能，根本守不住这份家业！不要说曹操了，就是南方的孙权、北边的张鲁全都对西川虎视眈眈，刘璋根本抵挡不住！蜀中富庶，又有天险拒敌，实在是天赐之地！您若是以西川为根据地，谋取汉中，然后再北伐中原、匡扶汉室，没有什么比这更大的功绩了！明公若是有心，我愿意去做内应，为您效犬马之劳！"

说话间，张松从衣服夹层里取出自己提前准备好的西川地图，恭敬地递上去，说："这是西川地图，有了此图，明公攻打西川轻而易举。"

诸葛亮上前一步劝说道："主公以匡扶汉室为己任，夺取西川不算强取豪夺。难道主公忍心让大好的河山落入孙权、曹操之手吗？"

刘备这才接过西川地图缓缓展开，只见上面详细标明了各个要紧关隘的地理位置、山川河流、州府粮库等，刘备心下大喜，脸上却不动声色，只是一个劲儿地感谢张松的美意。

张松拱手道:"明公,我这就返回西川,若是能劝得刘璋迎您入川,那就再好不过了。若是不能,明公也需早做打算。"

刘备千恩万谢,承诺事成之后必当厚报,张松心满意足地离去。

话说张松回到西川,先和自己的知己好友法正、孟达两个人碰头,讲述了前因后果,得到了他们的支持,而后才去见刘璋。

他口若悬河、滔滔不绝地描述了曹操如何傲慢无礼,如何轻视西川,先把刘璋气了个半死,而后才献计说:"主公不如请刘备来援助西川。"

不得不说,张松这个舌头真是哄死人不偿命,他把刘备夸成了与尧舜比肩的圣贤,刘璋本就没什么主见,当下就同意了张松的计划。

正在这时,有个叫黄权的主簿突然从外面闯了进来,大叫道:"主公,不可啊!让刘备入川,就等于引狼入室啊!万万不能这么做!"

张松怒道:"你是什么意思?难道你想让张鲁、曹操之流夺了西川?"

黄权并不理他,而是对刘璋细细分析:"主公明鉴,那刘备仁名远扬,深得民心,手下又有谋臣、良将无数,主公迎他入蜀中,他如何肯甘心伏低做小?如果视为上宾,一山岂能容二虎?何况我听说张松从许都返回时,路过了荆州,必然已经和刘备等人串通好了,要出卖西川。您不如先杀了他,再除掉刘备!"

张松冷笑道:"杀了刘备,你拿什么阻抗张鲁?用你的尸体吗?"

黄权说:"西川地势易守难攻,主公不必求助旁人,只需闭境绝塞、深沟高垒,就能安稳太平,实在没有必要冒险。"

"张鲁的贼兵马上就要犯界了,哪里还有什么安稳?"张松不依不饶。

刘璋听了觉得张松说的更有理,于是怒斥了黄权,而后听从张松的建议,派法正带着自己的亲笔书信出使荆州,邀请刘备入川。

当年深冬,刘备派关羽在襄阳防守,张飞领四郡巡江,赵云驻扎江陵,诸葛亮坐镇荆州，而他自己则带着庞统、黄忠、魏延等人率领五万大军入西川。

刘璋闻讯后，要亲自到涪城去迎接刘备。黄权、王累等人拼命劝谏，但终究没有拦住刘备入川的步伐。然而，刘璋的部下都被黄权与王累的忠心所触动，更不忍心看着刘璋被骗，便私下里密谋暗杀刘备。

庞统目光如炬，焉能看不出这些人暗藏杀机？他私下里对刘备说："今日宴上，刘璋的部下个个面上愤愤不平，恐怕要对主公不利。不如我们先下手为强，明日请刘璋饮酒，在帷幔后埋伏好刀斧手，主公摔杯为号，直接……"

不等庞统的话说完，刘备惊呼道："不可！刘璋待我如亲兄弟，我怎么忍心如此对他呢？再说了，我们初到西川，还没有树立威信，做出如此丧尽天良的事情来，以后还如何立足？"

庞统急道："主公，现在箭在弦上不得不发，今天法正已经得到了张松的密信，说事不宜迟，晚了就要遭他人算计了啊。"

可无论庞统如何苦口婆心地相劝，刘备就是不肯对刘璋下手。庞统眼珠一转，计上心头，他私下里联系法正，安排了一场鸿门宴。

当酒至半酣时，庞统喊来一个狠人魏延，命他在酒宴上舞剑助兴。

庞统只给了魏延一个任务："伺机杀掉刘璋。"

魏延这个人，当初刘备携民渡江想在襄阳落脚时，他就想要投奔刘备了，只可惜被文聘绊住了脚，错失了刘备的行踪，这才转而投奔了长沙太守韩玄。刘备占据荆州后，派关羽夺取长沙。韩玄因黄忠出战不利，要将黄忠斩首示众，魏延怒杀韩玄救下黄忠，而后投降刘备。但因为他曾经两次背主，诸葛亮很是不喜，认为他天生脑后有反骨，执意要杀掉他。幸得刘备力保，魏延才被留了下来。

魏延一直想在刘备面前表现自己，得到重用。因而，接到庞统的命令后，魏延欣然领命，大大方方地上前禀告："宴上没有音乐岂不无趣？末将斗胆，想舞剑为各位助兴！"

说完，魏延"呛啷"一声抽出宝剑，舞出一个剑花，晃了刘璋的眼。

刘璋手下的大将张任见状，心道："不好！这怕不是要玩'项庄舞剑'？主公危险啊！"想到这里，张任立刻跳出来，拔剑挡在魏延的身前，笑着说："一个人舞剑多没意思，我来陪将军共舞。"

魏延情知自己被张任拖住，很难得手，便向旁边的副将刘封递了个眼色，刘封会意，也拔剑跳到堂上；张任也给同僚递个眼色，刘璋手下的刘溃、泠苞、邓贤等人也拔剑跳了出来。就这样，堂上舞剑从独舞变成双人舞，最后变成了打群架，一片刀光剑影，气氛肃杀。

刘备见气氛不对，立刻拔出身旁卫士的佩剑指向众人，厉声说："这又不是'鸿门宴'，哪里需要舞剑！所有人都给我收剑，违令者斩！"

刘璋也起身呵斥道："我们兄弟相会，所有人不得动兵器！"

一时间，堂上所有人都将兵器解除了。魏延暗暗跺脚，眼神不由自主地望向庞统，只见庞统双眼翻白，无奈又失望，他也只好丢掉佩剑跟着众人退下堂去。

当天夜里，刘备与刘璋喝到大醉才归去。刘备回到大寨后，厉声责备庞统："我与刘璋同宗血亲，先生难道非要陷我于不仁不义的境地吗？若再有下次，我定不会饶过先生！"

庞统表面上答应了，回到自己帐中却捶胸顿足，哀号出声："大好时机啊，大好时机啊！"

再说刘璋这边，发生了这样的事情，刘溃等人都劝刘璋回成都，刘璋不仅不听，还将今天宴会上的"舞剑高手"通通骂了一遍，依然每天同刘备饮酒叙旧。

几天后，张鲁大兵来犯，进犯葭萌关，刘璋请刘备前去迎敌，刘备欣然答应，刘璋这才返回成都。

趣味链接：鸿门宴

在本回中，凤雏庞统为了除掉西川之主刘璋，采用了一个简单粗暴的办法——行刺。具体方法抄了"鸿门宴"的剧本。

当年楚汉相争时，项羽根本不把刘邦放在眼里，一点防备都没有，谋士范增苦劝无果，便精心布置了一场针对刘邦的"杀人饭局"，名叫"鸿门宴"。这段故事被史学家司马迁写得惊心动魄。席间，项庄奉命到堂前舞剑，准备行刺刘邦，所以才有了"项庄舞剑，意在沛公"的典故。当然，在张良等人的筹谋下，刘邦保住了自己的性命。

熟读史书的庞统大概是想仿效范增，快刀斩乱麻，除掉刘备占领西川的唯一绊脚石，而魏延就是被选中刺杀刘璋的人。但让庞统始料不及的是，刘璋手下人也不是吃干饭的，他们纷纷拔剑护主，以至于宴席间刀光剑影，最后成了大型舞剑混战，行刺行动失败了。但刘备的仁人君子人设却通过这场表演再次得到强化，以至于刘璋后面都不愿意怀疑他的真心。可见，与刘备的城府比起来，庞统还是个小学生啊！

赵子龙截江救阿斗

——孙尚香又被利用了

话说刘备自从驻守葭萌关后,严禁军士骚扰百姓,又对百姓广施恩惠来聚拢民心。很快,他的仁德之名就在益州传扬开来,人人都颂扬刘皇叔德行高尚,有仁君之风。

这消息也很快就传到了东吴,深深刺激了孙权。东吴自从周瑜死后,很长一段时间内都按兵不动,静观形势变化。刘备入川这件事让孙权觉察到了不妙,他原本以为刘备之前承诺的"打下西川就还荆州"不过是个耍赖的托词,不承想刘备居然这么快就兵不血刃地进了西川,长此以往,刘备地盘愈发庞大,这还得了?

他还听说,这次入西川,在刘备身边出谋划策的不是诸葛亮,而是庞统。孙权的心里更加不是滋味了,到此时,他才终于明白了鲁肃当初推荐庞统的良苦用心,只可惜为时已晚。

"刘备这是走了什么狗屎运?"孙权心中暗骂,全然不想回忆起庞统是自己挤对走的。

既然刘备已经入川了,孙权就召集文武官员一起盘算着如何将荆州夺回来。大臣顾雍提议道:"我听说刘备分兵入川,如今驻扎在葭萌关,等待与张鲁决战。他带走了多半兵马,荆州的防守必然薄弱,正是拿回荆州的天赐良机。西川到荆州一路上跋山涉水,往返不易。我们只需派一支人马去堵住出川的道路，刘备就是想回援也无力！"

孙权激动得拍案而起，赞道："妙计，妙计！"

众臣子也连连称赞，都认为顾雍的这条计策可行，正当大家准备商议详细计划时，忽然听见屏风后传来一声怒喝："你们把我女儿置于何地？"

众人一看，是吴国太拄着拐杖现身了。她使劲一顿拐杖，目光如刀子一样扫过堂上众人，众人都被她凌厉的目光吓得不敢抬头。

吴国太颤颤巍巍走到孙权面前，逼问道："你还不将献出这条毒计的人斩了？就这样看着他们谋害你妹妹的性命？"

顾雍听了缓缓跪在地上，说："国太，小人对吴侯一片忠心，望乞恕罪！"

吴国太咬牙切齿道："好你个顾雍！孙家何曾亏待过你？你明明知道我女儿嫁给了刘备，如今又怂恿仲谋踏平荆襄，分明没安好心！"

顾雍默不作声，任由吴国太斥责。孙权见状，连忙挥手让众大臣都退下。

吴国太骂完顾雍还不解气，指着孙权的鼻子大骂："你父兄为你打下江东八十一州的基业，你还不知足？为了荆襄这点蝇头小利，竟然丝毫不顾念骨肉之情，你对得起你的父亲和兄长吗？"

孙权被骂得抬不起头，只得连连谢罪："母亲教训得是，是孩儿考虑不周，孩儿知错了！"

吴国太得到了孙权的承诺，这才恨恨而去，那拐杖击得地面一声声巨响，仿佛把孙权的心都震碎了。他望着吴国太离去的背影，心头沉重且酸楚，还有一丝愧疚。对孙尚香这个妹妹，他不能说没有感情，只是得到荆州的想法太强烈了，以至于刚才那一瞬间，他似乎忘记了自己还有这么个亲人。

但眼下母亲年纪大了，不能再让她伤心。孙权只是有些可惜，错失了这次良机，荆州要什么时候才能到手呢？

正思绪纷乱间，张昭凑过来低声说："主公，我有一个两全其美的法子。"

"什么法子？"

张昭压低了声音，说："主公可以派心腹悄悄潜入荆州，去给郡主送一封信，就说国太病重难愈，请她马上回来见最后一面！信中还要叮嘱郡主，说国太知道刘皇叔唯一的儿子阿斗正养在郡主膝下，十分想见他一面，让郡主务必带着阿斗一起回来。"

"只要将刘备的儿子带来做人质，要求他们拿荆州来交换，他们不敢不换！"张昭补充说。

孙权闻言大喜："既可以兵不血刃地得到荆州，妹妹也能安然无恙。如此甚好！"

很快，孙权便安排周善带着五百军士，装扮成商贾模样，秘密乘船潜入荆州。周善是当年孙策的旧部，胆大心细，最是妥帖，很快便混入荆州城，秘密见到了孙尚香。

孙尚香得知娘家来人，原本欣喜万分，谁知看了孙权给她的密信，顿时泪如雨下，问："我母亲如今怎么样了？怎么会病得这么严重？"

周善答道："自从郡主离开后，国太日夜思念……如今已经喂不进去药了……郡主需要速速赶路，兴许还能见上最后一面。"

孙尚香听了这话如雷击顶，喃喃道："皇叔不在荆州，我若要离开，还需告知军师一声才行。"

周善急道："事急从权，郡主！若军师说还得禀报皇叔，有了回复才肯放你回去，你要怎么办？再拖延下去，只怕国太等不了！"

"不辞而别怕是会遇到阻拦。"孙尚香担心得眼泪直打转。

周善连忙说："郡主放心。我已经准备好了几艘大船，只等郡主出城马上就能出发。"

孙尚香想了想，说："可阿斗要怎么办呢？皇叔临行时，将阿斗托付给我教养，我要是走了，他就没人管了。"

"可以带上他一起回去，"周善正不知道如何劝服孙尚香带上阿斗，见孙尚香主动

提及，立刻说道，"国太一直念叨着想见一见您养在膝下的这个孩子，如今不带上，以后怕是……"

"你说得对。"孙尚香此时已经慌了手脚，顾不上琢磨周善话中的深意，见担忧的事情都解决了，马上让婢女给自己简单收拾了行装，抱上七岁的阿斗，跟随周善火速来到江边，上了早已守候在此的大船。

周善见事情办妥，片刻不敢耽误，马上就要开船。

"夫人，等一等！主公托子龙给您带句话！"江边突然传来一阵马蹄杂沓之声，一个白衣白甲的将军骑着白马飞速朝大船赶来，正是赵云。

他刚从外面巡哨回荆州，偶然间听见有人说看见夫人抱着阿斗急匆匆往江边方向走，吓了一跳，连忙飞马赶来。

周善见有人追，也不敢理会，叱令军士一起划船。那几艘大船缓慢离岸后快速前行，转眼就走了十来丈。

赵云沿着岸边追了十几里，眼看着船只越行越远，忽然看见江滩上停着一只小渔船，连忙从马上一跃而起，跳到小船上继续追。

周善见了，立刻命众军士放箭。赵云浑然不惧，手持宝剑左挥右挡，不一会儿就逼近了大船。赵云一个箭步跃上大船，将阻挡在面前的众军士纷纷打落水中。

周善拔剑横在胸前，高声叫："赵将军，这是什么意思？"

赵子龙朝着船舱的方向微微抱拳，说："夫人，子龙斗胆请您出来说句话。"

船帘一动，孙尚香抱着阿斗从船舱中走出，冷着脸问："赵云，你为何如此无礼？你想干什么？"

赵云见江风吹得阿斗睁不开眼睛，心头不由得一紧，连忙躬身行礼，恭恭敬敬道："子龙不敢，只是想问夫人要到哪里去？为什么不跟军师说一声？"

孙尚香说："家母病危，我要赶回江东探视。我的家事也需要诸葛亮过问吗？"

赵云听出了她的愤怒，忙解释道："主公临行前有吩咐，大小事宜需要告知军师一声，我们不敢不从。"

"我母亲危在旦夕，来不及告知诸葛亮，你替我去说一声吧，我要先行一步。"

"夫人回去探病是人之常情，只是……请把小主人留下。"

孙尚香柳眉倒竖，呵斥道："大胆赵云，你半路上擅自闯船，是在怀疑我吗？阿斗是我的儿子，留在荆州无人照看，我这才将他带走。"

赵云正色道："我怎么敢怀疑夫人？只是请夫人体谅我家主公年过半百，膝下只有这一个孩儿，万万不能出任何意外。当年是小将在长坂坡九死一生才救出的小主人，如今怎么能让人将他轻易抱到江东去？请夫人将小主人交还给我。"

孙尚香怒不可遏，指着赵云斥责："大胆赵云，你要造反吗？你不过是皇叔帐下一员武将，如何敢管我的家事？"

赵云道："夫人如果不肯将小主人留下，那我即便粉身碎骨，也不敢放夫人归去！"

孙尚香已经不为所动，赵云见状，牙一咬、心一横，快步上前从孙尚香手中夺过阿斗，返回船头。

孙尚香气急，吩咐左右侍女："去，把赵云给我拿下！"

跟在孙尚香身后的几名武婢冲了上去，可她们哪里是赵云的对手？被赵云左右一拨打，不是落水就是倒地。

赵云挥剑道："不必白费力气了。我当年在曹军的包围圈中都能庇护小主人全身而退，何况你们？"

周善见状，根本不敢上前，他悄悄来到船尾，让军士们加紧划船。风高浪急，用不了多久就能回到江东，到时候还怕赵云不成？

赵云见大船劈波斩浪前进如飞，也心急如焚，但无人接应，又抱着小主人，他也不敢跳水求生，只得咬牙应付着，哪怕是到江东决一死战。

正在这千钧一发之际，忽然看见下游港湾内十多艘快船踏浪而出，拦住了去路。赵云双眼一闭，只当是东吴来接应的船只。谁承想，风中传来张飞的声音："嫂嫂，等一等！把侄儿留下再走！"

赵云心中一喜，就看见张飞手持丈八蛇矛，站在为首的船头，他连忙大喊："三将军，小主人在我这里！"

孙尚香和东吴众人也看见了张飞，心头大叫："不好，这个黑杀神来了！"

说话间，张飞的快船已经接近了大船，他纵身一跃，和赵云一起站在船头。周善见张飞上船，提着刀就来迎敌，被张飞一剑斩杀。

孙尚香又恨又怒，问："三将军何故伤人，实在欺人太甚！我母亲病重，难道不许我回去探望吗？"

张飞说："回家便回家，为什么要带走我侄子？为什么不告知军师一声？"

孙尚香百口莫辩，说："我不过是来不及与军师商议。你今日若是不放我走，我立刻就投江！"

赵云怕孙尚香冲动坏事，低声对张飞说："万一逼死夫人，就不好收场了，不如赶紧带小主人回去吧？"

张飞会意，立刻对孙尚香说："嫂嫂要回娘家，我们自然不敢阻拦，望嫂嫂早去早回，免得我哥哥心焦。"

说罢，就和赵云一起跳回自己的战船，放孙尚香离开。

孙尚香怔怔地看着江面，眼泪不住地往下掉，心内暗道："这一去，还能再回来吗？"

赵云心里也是这样想的。

在主公离开之后，军师曾经叮嘱过他："主公入川，东吴必然蠢蠢欲动想夺荆州。为免伤及夫人，孙权定会想办法先将夫人诓骗回江东。到时候你只需……"

现在看来，军师果然神机妙算，把孙权的那点心思猜得分毫不差。一时间，赵云和

张飞的心里对军师的崇敬之情又增加了几分。

诸葛亮见荆州众人将阿斗平安带了回来，十分欢喜。他将其间发生的事写了一封信送去葭萌关，告知刘备。

撇开荆州众人不提，单说孙尚香回到东吴后，见到精神矍铄、吃饭和骂人一样有力气的吴国太，瞬间就明白了这一切不过是个局。

她本想质问哥哥为何要骗自己，然而孙权已经无暇解释了，他甚至停止了攻打荆州的计划，因为他忽然接到急报，说曹操起兵四十万，来报赤壁之仇。

东吴危险了。

说说古代的孝道

在本回中提及的孙权是个孝子,当面临事业与孝顺的两难选择时,孙权选择的是对母亲孝顺,不违背母亲的命令。

在古人看来,孙权的这种做法已经达到了孝顺的最高境界"色难"。色,在这里指的是侍奉父母时始终保持和颜悦色。

《论语》中,子夏问孔子:"什么是孝道?"孔子说:"最难做到的就是始终保持和颜悦色。"一个人孝顺父母,不仅是给父母提供丰衣足食的生活,解决父母遇到的问题,还要始终对父母保持和颜悦色,体察他们的心理需求,让他们精神愉快。在遇到家庭问题、亲情冲突的时候,不给父母脸色看,不抱怨父母,不流露出不满和烦躁。做到这一点,的确需要极高的修养。

让我们回到孙权的境遇中,他背负着父亲和兄长未竟的事业——振兴东吴,还要面对曹操想要复仇的威胁和刘备不断扩张的野心,如此压力下,依然能做到对母亲百依百顺,可谓难能可贵了。

刘备自领益州牧

——"三分天下局"终于成了

在葭萌关的刘备忽然接到了诸葛亮的文书,得知夫人已经返回了东吴,又听说曹操发兵进犯东吴的濡须,十分担心:"曹操和孙权不管谁得胜,下一步一定是攻取荆州,该怎么办呢?"

庞统安慰说:"主公不要担忧。有孔明在,料想荆州暂时不会有危险。主公不如赶快给刘璋写封信,言明曹操攻打东吴之危机,我们与东吴唇齿相依,不得不撤回去救援,希望刘璋能看在同宗之谊的分上,调拨精兵和粮草相助。"

"这……刘璋能同意吗?"

"先试试吧,多少会给一些,到时候再另作商议。"

刘璋看完刘备的信后,原本是打算同意的,但杨怀、刘巴、黄权苦苦相劝,说:"放刘备入西川,就已经是放虎入室了。刘备本就不怀好意,如今还要资助他军马钱粮,不就是与虎添翼吗?"

刘璋于是借给刘备四千老弱兵丁和一万斛军粮,同时命令杨怀、高沛紧守关隘,密切监视刘备的动向。

刘备被这一手"打发叫花子"的操作气炸了,直接撕毁了刘璋的回信,问庞统:"接下来应该怎么办？"

庞统说："我有三条计策，可供主公选择。"

"哪三条计策？"

"上策是马上率精兵连夜袭击成都；中策是诱杀杨怀、高沛，夺取涪城，然后进军成都；下策是直接退回荆州。"

刘备选择了中策，当即给刘璋写了一封信，谎称自己要急忙回荆州迎敌，好让刘璋放松警惕。

没想到此举弄巧成拙，让张松信以为真，连忙给刘备写了封密信，劝他不要撤离，赶紧袭取成都。世上没有不透风的墙，张松的密信又不巧被别人看到了，张松背着刘璋与刘备暗中勾结的事也败露了。

刘璋就算再懦弱，也不能容忍这种吃里爬外的家伙，于是怒斩张松，而后聚集文武官员商议如何对付刘备。

时至今日，刘璋不得不承认自己被刘备骗了，这个大耳贼扮猪吃老虎，把自己骗得很惨。于是，他在黄权等人的建议下，派人告知各个关卡严防死守，不放荆州一人一骑入关，不给刘备任何可乘之机。

刘备自然也不是吃干饭的，在庞统的辅佐下，先取了涪水关，而后准备进攻雒城。原本一切顺风顺水，谁承想天有不测风云，庞统偏偏骑了刘备的那匹的卢马。

接连几次作战胜利让庞统有些得意忘形，连诸葛亮的提醒也不肯听，一意孤行地以为诸葛亮是在故意阻拦他夺取西川，立下大功。

有了这份心思，庞统自然再三催促刘备尽快攻打。刘备耐不住庞统再三催促，下令全军出击围攻雒城。庞统主动请缨要带一路人马走小路，由刘备带另一路人马走大路。

临出发前，庞统被战马掀翻在地，刘备见了，便将自己的的卢马换给庞统。

这匹马的名声不太好，之前骑过它的人都没有好下场，只有刘备是个例外——的卢马驮着刘备跃过檀溪，死里逃生。

经过那次惊心动魄的逃亡，刘备认为的卢马的诅咒已经解除，不仅不"妨主"，还是个"福星"。所以在发现庞统的马不听话时，刘备便十分慷慨地把的卢马借给庞统。

庞统见多识广，怎么会不知道的卢马的"黑历史"，但盛情难却，他也听说过马跃檀溪的壮举，于是欣然接受了刘备的恩赐，接过缰绳，翻身上马出发了。

庞统带着队伍一路前进，行至一段山路逼仄、树木丛杂的山道时，一股不祥的预感袭上庞统心头。他勒住马儿疑惑地问："这是什么地方？"

军中降兵说："此地名叫落凤坡。"

听到"落凤坡"三个字时，庞统的心中"咯噔"了一下："我的号是凤雏，此处名落凤坡，莫不是有什么不利？"

这个想法刚在他的心头滚过，就听见坡前一声炮响。

"那个骑白马的一定就是刘备，给我集中力量射死他！"一声暴喝后，两边山坡上迅速出现了大量弓箭手，一时间箭如飞蝗。庞统躲避不及，被乱箭射死，年仅三十六岁。

伏击庞统的人是刘璋手下的张任，就是前番在"鸿门宴"上与魏延一起表演"双人剑舞"的将军。自从听说刘备兵分两路来攻打雒城时，他就主动要求带着三千士兵到落凤坡设下埋伏。远远看到一个身骑白马的人被围在中间急行军，张任还以为那是刘备呢，直接下令集中力量射杀。

跟庞统一路行军的魏延根本都来不及反应，就听说庞统被射杀了，又见跟随过来的士兵在箭雨下死伤大半，顿时慌乱不已，然而将士们只顾着拥挤逃命，根本听不进去命令，魏延只得率领少数残兵冲出张任的包围圈。

魏延到雒城时，又遇到了吴兰、雷铜率领的拦截兵马，后有张任的追兵，被前后夹攻，死战不能突围。幸好有老将黄忠来救援，才摆脱被围攻的局面。

然而从小路过来的魏延一路人马损失惨重，刘备兵力不足，根本攻不下雒城，只得

退回涪水关休整。

得知庞统被乱箭射死的消息，刘备痛哭不已。庞统一死，刘备等于被斩断了一条臂膀，只得固守涪水关，火速召诸葛亮入川。

诸葛亮听到庞统横死的消息，不免也大哭了一场。

第二天一早，诸葛亮就将荆州托付给关羽，叮嘱他一定要坚守"北拒曹操，东和孙权"的计策，守好荆州。

而后，诸葛亮和赵云率军从水路出发；命张飞率领一万大军走旱路，火速赶往涪水关援助刘备。

这次的张飞没有让诸葛亮失望，他一路上牢记诸葛亮的叮嘱，对百姓秋毫无犯，也不曾饮酒误事、责打将士，更在巴郡收服了老将严颜，顺利地到达会合地点。

而刘备也在诸葛亮的辅佐下重拾信心，很快攻下了雒城。

刘璋接连损兵折将、失去城池，早成了惊弓之鸟，为了将刘备赶出西川，他竟然向张鲁求和借兵。

张鲁最近很得意，因为落魄的马超来投奔他了。

马超是何等人物？如果不是走投无路，怎么会甘心屈居于张鲁之下呢？他自从被曹操打败后，一路向西北撤退到羌地，伺机恢复实力。但很快，夏侯渊就奉曹操的命令而来，马超被几路人马围剿，又遭到属下背叛，损失惨重，只得弃城而逃。落魄的马超，没有了安身之所，只能忍气吞声到汉中投奔张鲁。

时值刘璋派使者向张鲁求救，张鲁原本不肯答应，可使者陈述唇齿利害，又承诺事成之后用二十座州县作为酬谢，张鲁高兴地答应了。

马超主动请命道："末将愿意去葭萌关，生擒刘备，让刘璋拱手割让二十州！"这是马超递交给张鲁的"投名状"。

收到马超大军压境的消息，张飞无比激动，迈着擂鼓般的步子闯入大帐，对诸葛亮说:"军师,让我去会会马超!"

见诸葛亮迟迟不搭腔,张飞扭头对刘备说:"哥哥,你快跟军师说说,派我去打马超!"

刘备笑着道:"三弟不用着急,军师自有安排。"

张飞双眼亮晶晶地看向诸葛亮。

诸葛亮依旧不理会张飞,只是皱着眉头对刘备说:"马超骁勇善战,无人能敌,除非去荆州把云长请来。"

刘备问:"若是云长来了葭萌关,荆州就无人防守了,这样怎么才好呢?"

诸葛亮连连叹息:"哎呀,说得也是,可没有云长,谁能敌得过马超呢?"

张飞一对大眼睛瞪得溜圆,怒道:"大哥,军师,你们怎么长他人志气,灭自己的威风呢?是不是太看不起我张飞了?我当初也曾独自抗拒曹操的百万雄兵,马超一介匹夫算什么?"

诸葛亮看着张飞满脸担忧地说:"翼德,我自然知道你英勇。但是这马超着实厉害啊,渭桥一战,逼得曹操割须弃袍,几乎丧命,绝不是等闲之辈!"

"我当初在长坂桥头喝退曹操百万雄兵,难道就是等闲之辈吗?"

诸葛亮摇摇头,说:"你那一战不过是曹操不知虚实罢了,若曹操得知虚实,将军还能全身而退吗?别说是你,就算云长来了,也未必能对付得了马超!"

张飞彻底中了诸葛亮的激将法,气得哇哇大叫:"少看不起我!我与你立军令状,若是打不赢马超,随你军法处置!"

"你既然肯立下军令状,那就派你做先锋。"刘备见张飞立下军令状,便答应下来。

等张飞走后,诸葛亮和刘备相视一笑,说:"火候到了!主公这下可以放心了,三将军必定马到成功!"

原来,诸葛亮本来心目中的对阵人选就是张飞,只是担心张飞掉以轻心,不能全力

以赴应对马超，这才使了一招激将法。

而张飞如愿做了先锋，率领军队向葭萌关进发。刚到关下，就发现魏延被一个西凉汉子伤了左臂。

张飞以为他就是马超，大叫："马超，快与你张爷爷大战五百回合！"

谁知对方一愣，旋即大笑，说："我是西凉将军马岱。你这样的家伙，也配见我们孟起将军吗？恐怕你要没命见他了，先来过我这一关！"

孟起，是马超的字，张飞自然听说过。他懊恼地冲着马岱一挥手，说："你不是我的对手，快滚回去告诉马超，燕人张翼德在此，速来受死！"

马岱不服气地怒吼："看不起我？对付你这莽夫，我就足够了！"

说着话，举起大刀直奔张飞而来。

张飞轻舒猿臂，举起丈八蛇矛抵挡，两人斗了不到十个回合，张飞的矛尖疾如闪电，直取马岱腋下，吓得马岱打马退出一箭之地，头也不回地跑了。

"孬包！"张飞啐一口，正要追赶，就被随后赶到的刘备拦住了，让他好好休息一晚，明天再战马超。

第二天，当第一缕晨光刺破苍穹，照上葭萌关城头时，马超就已经来到阵前挑战。

刘备和张飞一起到关上观阵。待看到马超的那一瞬间，刘备不由得喝了一声彩："好一员猛将！果然是'锦马超'，名不虚传！"

只见马超骑着一匹高头大马，面如冠玉，剑眉星目，身披银盔银甲，内衬一袭白色锦袍，头戴一顶白色貂裘狮盔，腰间系着兽带，手提一柄虎头湛金枪，整个人威风凛凛、英武不凡。

张飞听到刘备夸赞马超，气得马上就要下关与马超一战。

刘备连忙拉住他叮嘱道："先别出战，避开他的锐气。"

马超借着晨光远眺，见对面葭萌关上的大旗下站着一个气质儒雅的中年男人和一个眼大面黑的精壮汉子，猜想那就是刘备和张飞。于是，他高声叫道："张飞，你不是要和我决战吗？为什么不出阵？"

张飞听到这话怒气冲天，又想打马上阵，刘备再次拉住他，说："三弟，不要上当！现在还不是时候，我们且等一等。"

见张飞不上战场，马超顿时仰天大笑："原来燕人张翼德是个胆小鬼啊！"

西凉的将士们也跟着大笑，笑得前仰后合。

张飞何时曾受过这等侮辱？恨不得立马下关生吞了马超。可刘备几次三番拉住他，不许出战，简直要气炸他的肺。

直到过了正午，关下的西凉兵骂也骂累了，等也等乏了，就连马超也百无聊赖地歪在马上打哈欠，刘备才突然对张飞说："三弟，是时候了，出战吧！"

张飞兴奋地冲到阵前，怒喝一声："马超贼子，张飞来了！"

马超懒洋洋地笑道："张飞？没听说过！一个无名鼠辈，看我给你点颜色瞧瞧！"

张飞大怒，挥着蛇矛便刺了过去，马超拍马上前应战，两人在战场中央相遇，激烈地缠斗在一处，你来我往，转眼就是一百多个回合，根本不分胜负。

刘备担心张飞有失，急忙鸣金收军，让他回来暂歇片刻。

日头火热，战斗激烈，张飞汗流浃背，索性脱掉头盔，只裹着包巾，回到阵中继续厮杀。马超猛地想起了赤身与自己恶战的许褚，心下不由得惊叹："这张飞果然是一员猛将，怪不得长坂桥头能吓退曹操百万雄兵！"

马超与他又交战了一百多个回合，两人都精神抖擞，但马儿有些支撑不住了。

张飞对马超大叫："等我换马来战！"

马超正斗得兴起，大喝："不来是懦夫！"

两个人各自回营换了战袍和坐骑，张飞抱起酒坛痛饮了一番，振臂高呼："过瘾，过瘾，等我再去战马超，不活捉他誓不回来！"

"三弟，马超骁勇，你一定要小心！"刘备叮嘱道。

"大哥放心，我还能输给这个小白脸吗？"

其实，张飞虽然嘴上倔，心里却也暗自佩服马超武力惊人，斗了这么久，马超脸不红、气不喘，双臂的力量丝毫不弱，一杆金枪舞得虎虎生风，哪有一丝疲态？

这是天生的战神啊！

可是张飞不肯服输，再上战场后，一口气战到日落西山，连人影都看不清楚了。

"三弟，今日天色已晚，明日再战吧。"刘备对张飞说。

张飞哪里肯听，大叫道："我不回去，不活捉了这小白脸，我绝不上关。"说完就拍马回到阵前。

马超也换了马来到阵前，大声问："张飞！敢夜战吗？"

"有何不敢！点起火把，再战！"张飞怒吼一声。

一时间，双方阵前的将士都举起点燃的松油火把，将夜空照得明晃晃的。

张飞和马超又战在一处。张飞天生就好战，仗越难打，他兴致越高。

马超见张飞和他从早战到晚，不仅没有倦怠，反而精神抖擞，越战越勇了。马超忽然心生一计，佯装敌不过张飞，掉转马头就跑。

张飞下意识去追，刚追出去没多远，忽然见一只铜锤当头飞来，裹着凌厉的夜风呼啸着，仿佛夜枭振翅，阴森恐怖。幸亏张飞早有提防，身子一闪，铜锤擦着耳边飞过去。

见马超玩阴招，张飞大怒，拨马就往回走。

马超见张飞撤退，又追了上来，张飞急忙拈弓搭箭，那羽箭也没有客气，险些擦伤马超的眼角。两人你追我赶又回到了阵前。

刘备打马上前一步阻止二人继续缠斗，说："天色实在不早了，都收兵歇息一晚再战吧！马超，你放心，我以仁义待人，绝不乘势追你。"

马超闻言，冲着刘备一抱拳，就下令收兵回去。张飞一愣神的工夫，马超已经飞马

奔回营寨。

张飞没能赢过马超，一晚上心急如焚，急得睡不着觉。

第二天黎明时分，张飞就准备下关去再战马超，忽然听到士兵来报，说军师来了，叫他过去。张飞本以为诸葛亮是来看自己笑话的，谁承想，他不仅对军令状的事只字不提，还早已想好了逼降马超的妙计。

马超无论如何也想不到，他最终输在了人性上。诸葛亮派人送上重金收买张鲁的谋士杨松，令其散布谣言，说马超十分看不上张鲁，准备篡权自立。张鲁本来就拿捏不住马超，因此对这谣言深信不疑，派兵把守了回汉中的各个关卡，把马超的退路一举斩断。

进，不能战胜张飞；退，回不到汉中。马超气得一夜无眠，也没想出个对策。

恰在此时，马超的旧相识李恢慕名投奔了刘备，便主动提出去劝降马超。马超见大势已去，也只能听从李恢的劝告，投降刘备。

刘备一贯谦和有礼，求贤若渴，听说马超来投奔，亲自出城相迎，以上宾之礼隆重款待他。

马超一颗冰冷的心重新暖和起来，说："如今得遇明主，如同拨开云雾见青天。"而后主动请缨说："无须劳动主公的军马，马超愿意和弟弟马岱一起攻取成都，双手奉上。"

此时此刻，刘备麾下兵多将广，又在蜀地尽得人心，刘璋就算再愚钝，也知道自己已经走到了穷途末路。他很识时务地主动向刘备献上西川，开城迎接刘备入成都。自己则带着家人搬到公安去居住，再不管西川之事。

而后，刘备自封益州牧，成了西川之主，诸葛亮筹谋多年的三分天下的政治形势，也自此变成现实。

什么是"投名状"

在本回中,落魄英雄马超为了获取新主公的信任,主动请战。在古代,这种行为就叫投名状。

投名状是什么呢?投名状最早其实是在绿林等非法组织之间进行的一种行为,某人想要加入一个组织,就得以该组织认可的行为做一件事,表示和该组织所有成员变成了一根绳上的蚂蚱,以后生死同心。

大家都熟知的《水浒传》中就有"投名状"一说。林冲被逼上梁山,当时坐头把交椅的寨主王伦故意刁难他,命他在三天之内杀死一个路人,作为入伙梁山的投名状。这种投名状就是做一件为官府所不容的事,好让梁山的首领们放心。后来,因为林冲遇到的是武林高手青面兽杨志,这投名状自然就没有做成。

后世将类似的对个人或组织表达忠心的行为或承诺,称作"投名状"。

关云长单刀赴会

——鲁肃的克星就是关羽

话说刘备一举攻占西川的消息传到东吴，孙权和鲁肃简直比刘备本人还要高兴："这下好了，终于可以讨回荆州了！"

张昭却不这么乐观，他认为刘备必定不会痛快归还荆州。张昭想了想，献上一计："要想逼刘备就范，须拿捏诸葛亮，而诸葛亮最大的软肋就是……"

"诸葛瑾！"孙权、鲁肃二人异口同声地说。

张昭点点头，说："主公可以拘押诸葛瑾的一家老小，告诉诸葛瑾是因为诸葛亮不肯归还荆州的缘故才牵累了他，让他去荆州劝刘备和诸葛亮归还荆州，才会放过他一家老小的性命。"

孙权心中有些犹豫："诸葛瑾一贯忠心耿耿，为人厚道又诚实，这叫我如何忍心如此对他。"

"主公可以明明白白告诉他这是讨要荆州的计策，他自然会配合。"张昭说。

孙权依计行事，拘押了诸葛瑾的一家老小。诸葛瑾接到孙权的书信后，连夜出发去西川找自己的弟弟诸葛亮。

在诸葛瑾到达西川之前，刘备和诸葛亮就得到了密报，猜到他是为了荆州而来。刘备心乱如麻，不知道该如何答复东吴来的使者才好，特别是这个使者还是自家军师的亲哥哥。

诸葛亮却不以为然地一笑，说："主公不必惊慌，亮自有安排。"说完，就在刘备耳边轻轻说了几句话。刘备听了，大喜过望。

计策已定，诸葛亮亲自出城去迎接诸葛瑾。一见到诸葛亮的面，诸葛瑾就哭得上气不接下气，说："孔明，我一家老小的性命都在你手上了！"

诸葛亮哪里猜不到他的目的，但还是佯装不知情，一脸焦急地说："难道是因为我家主公不归还荆州，吴侯迁怒于你？兄长，弟实在是对不起你，我这就带你去找主公求情。"

等诸葛瑾一上门，刚说明来意，刘备立刻板起面孔，怒道："孙权怎么还有脸来要荆州？我正要管他要我的夫人呢！我与东吴诚心结盟，娶了他的妹妹为妻，他却趁我不在家，将我的夫人抢回江东，天地间哪有这种不讲道理的事？"

刘备越说越气，胸脯剧烈地起伏着。诸葛瑾被他指摘得面色大窘，不好接话。

诸葛亮则是马上伏案大哭，哀求道："主公，吴侯抓了我兄长一家老小，以性命相逼，不还荆州就要将他们都杀掉。兄长若是死了，我怎能独活？求主公看在亮一片忠心赤诚的分上，把荆州还给东吴吧！"

诸葛亮一边说，一边涕泗横流，无限伤悲。可刘备根本不为所动。

诸葛亮再三请求，把戏做得足足的，刘备佯装被纠缠不过："既然如此，那我就将长沙、零陵、桂阳三郡还给东吴。这一半的荆州之地可全都是看在军师的面子上才给的，只为了成全你们的兄弟之情。"

诸葛瑾闻言，也不敢再争，连忙拜谢刘备成全。而后又好言相求，刘备只得装作勉为其难的样子，给镇守荆州的关羽写了一封信。

刘备把信交给诸葛瑾时，按照诸葛亮事先交代的说法，摇头叹息道："我这个二弟

啊，脾气暴躁、执拗、不好惹，连我都要怕他三分。你去的时候一定要好言相求，千万别激怒他啊！"

诸葛瑾尴尬地一笑，说："关将军最是忠义，刘皇叔的话他必然不会违逆。"

刘备又是一声长叹，说："看你的运气吧。"

诸葛瑾拿到书信后，昼夜兼程赶到荆州，果不其然在关羽面前碰了个硬钉子。

关羽丹凤眼斜挑，漫不经心地说："荆州是大汉国土，我兄长是大汉皇叔，为什么要将荆州让给他人？笑话！"

诸葛瑾急了，说："关将军，天下人都知道你忠义，你怎么连你兄长的话都不听呢？"

"将在外，君命有所不受！"关羽呵呵冷笑，"况且，我兄长一向心慈面软，怕不是受不住你的哀求一时糊涂，我却不能陪着他做糊涂事。"

"吴侯抓了我一家老小，若不得荆州，他们就会没命了，求关将军可怜可怜我吧！"诸葛瑾哀求道。

"你当我看不出这是孙权的诡计？休想骗我！"

关羽这番软硬不吃的态度，把诸葛瑾的鼻子都要气歪了，他咬紧牙关恨恨地问："关将军，你为何如此不顾情面？"

关羽闻言，"唰"的一声抽出佩剑，喝道："我和你讲什么情面？你再啰唆下去，就得问问我的剑会不会讲情面了！"

一旁的关平连忙上前一步劝解道："父亲息怒！诸葛先生是军师的兄长，就当看在军师的面子上，不要和他计较吧。"

"若不是看在军师的颜面，我早就把你砍作两段了！还不快走！"

诸葛瑾被他这一手吓得又惊又惧，连忙离开去成都找诸葛亮。不料，刘备告诉他诸葛亮到别处巡视去了。诸葛瑾想请刘备帮忙管管关羽，刘备却说："我有时候也管不住他。不如你先回东吴吧，等我找个机会把他调离荆州，你再去接手。"

诸葛瑾无奈，只得返回东吴，不免又被孙权数落了一顿："你莫非被诸葛亮耍了？"

"不是。若不是我弟弟苦苦哀求刘备，刘备也不会同意先归还三郡，全是因为关羽从中作梗，这才一无所获。"

"既然刘备答应了先归还长沙、零陵、桂阳三郡，那就先委派官吏去这些地方赴任吧。"孙权说。

不料，派去赴任的官吏全都被赶了回来，气得孙权火冒三丈，一肚子火气无处发泄，便冲着鲁肃发泄："子敬，这都是你干的好事！当初若不是你做担保，我们又怎么会几次三番被诸葛亮戏耍？什么借荆州，什么取西川？一派谎言！你说，如今应该怎么办？"

鲁肃见孙权如此愤怒失态，心里又是愧疚又是恼火，不由得急中生智，脱口而出："既然关羽不肯配合，那就除掉他！"

孙权问："怎么除？"

鲁肃咬牙道："我亲自领兵进驻陆口，邀请关云长来赴会。他来，就是鸿门宴，教他有来无回；他不来，我们就发兵，把荆州抢回来！"

孙权哈哈大笑，赞道："好计啊好计，真不愧是你鲁子敬！"

"主公不可。关云长是当世虎将，温酒斩华雄、过五关斩六将的故事谁人不知？如此算计他，恐怕会弄巧成拙，反遭其害啊！"阚泽出列担忧地说。

"没什么可担忧的！总这么不温不火地拖下去，我要到什么时候才能得到荆州？"孙权生气地说。

当下，众人都沉默不语。鲁肃见状，领命直奔陆口，召吕蒙、甘宁商议对策，部署细节。

关羽听说鲁肃要请他过江喝酒，毫不犹豫地答应下来。东吴使者走后，关平说："父亲，诸葛瑾讨要荆州不成，东吴必有后手。此次鲁肃相邀，定然没安好心，您不应该答应赴宴的。"

关羽淡然一笑，说："我又岂能不知？可我如果不去，他们就会觉得我胆怯。我倒要去看看，鲁肃究竟能玩出什么花样！"

关平苦劝不住，关羽还是铁了心要去赴宴。

第二天一早，关羽命关平准备好十只快船、五百水军，等在江边接应，一看到红旗摇动，便可过江去相救；又命周仓挑选十几名精壮的亲随和他一起过江赴会。

鲁肃早早就派人守在江边眺望，见江面上驶来一只小船，连忙招呼众人来看。众人都被看到的这一幕震惊到了——

江面上只有一只小船，船头飘着一面红旗，上面写着一个大大的"关"字。关羽青巾绿袍端坐船头，为他捧刀的周仓侍立一旁。几个强壮的关西大汉，腰间各挎一口腰刀站在二人身后。

"这关二爷浑身是胆啊！明知道今天是一场鸿门宴，竟然还敢只带这么点儿人来赴会？"

"就是。这关羽真不怕死吗？还是太瞧不起我等了？"众人七嘴八舌地议论着。

说话间，小船就靠岸了。关羽大步流星地下船来，一抹如瀑的长须飘洒在胸前，脸上气定神闲，没有丝毫孤身入敌营的惧色。

鲁肃急忙上前相迎，引关羽到临江亭入座。周仓自始至终扛着青龙偃月刀跟在关羽身后，面无表情。

鲁肃在主位坐下后，笑着举起一杯酒敬关羽，寒暄道："云长，一向可好？我先敬你一杯。"

关羽端起酒杯一饮而尽，谈笑自若。

酒过三巡后，关羽说："子敬，酒我已经喝了不少了，有什么话你可以说了。"

鲁肃马上说："云长，那我就直说了。你兄长已经答应归还荆州三郡，为何你还要拒不归还呢？"

关羽笑着说:"这是国家大事,不要在酒席上谈论吧。"

鲁肃并不住口,继续说道:"过去你兄长刘皇叔请我作保,向我家主公借荆州暂住,约定得到西川之后就归还。如今西川已得,却不还荆州,是要失信于人吗?"

关羽正色说:"怎么就能说荆州是东吴的呢?当年赤壁一战,兄长身先士卒,与东吴联手破敌,难道就不应该分得几座城池吗?"

鲁肃争辩道:"话不是这么说的。当年刘皇叔在长坂坡被曹操打败,基业全无,哪里能夺得下荆州?是我主公可怜皇叔无处容身,这才将荆州出借,有借契约书为证,怎么好抵赖?说好的借,却占着不还,如此背信弃义,实在不是君子所为。"

关羽展颜一笑,说:"这是我兄长的事,不是我能过问的。你亲自找他说去吧。"

鲁肃简直哭笑不得,说:"云长,你们兄弟三人桃园结义,皇叔的事就是你的事,你何必推得一干二净呢?难道你就忍心看着刘皇叔身败名裂,被天下人耻笑吗?"

关羽听了这话,卧蚕眉高挑,丹凤眼怒睁,问:"你说什么?"

一股逼人心魄的寒气陡然向鲁肃袭来,吓得鲁肃心跳停了一拍,身子也不由自主地微微颤抖,他连忙开口:"云长……我……我失言了……"

不等关羽搭腔,周仓粗声粗气地嚷道:"天下的土地,谁有仁德归谁,岂能容你东吴一家独占!好不要脸!"

东吴将士闻言个个色变,想抽出兵器来与周仓搏杀。

关羽脸色一沉,摔了酒杯霍然起身,一把夺过周仓手中的青龙偃月刀,指着周仓的鼻子呵斥:"这是国家大事,哪里有你这个莽夫说话的份儿?还不快给我退下!"

这是关羽与周仓事先约定好的,周仓立刻装作一副委屈的样子恭敬退下。等一出亭子,周仓就大步流星地奔到江边,摇动船上的红旗。

对岸的关平看到信号,立刻催动战船,像离弦的箭一般向江东飞驶过来。

亭子中的关羽此时也佯装醉酒,站立不稳,突然向鲁肃身边倒去。

鲁肃下意识地扶住，差点被关羽带倒在地，他勉强撑住关羽，略略推开些，说："云长，你且站直了……"

关羽顺势一手提刀，一手挽住鲁肃，笑眯眯地说："子敬，我喝多了，荆州的事也商议不成了！改日请你到荆州再慢慢商议吧。眼下天色不早，我该回去了，你送送我吧！"

说话间，关羽便挟持着鲁肃出了临江亭，向江边走去。

鲁肃只觉得关羽那瀑布般的黑髯被江风吹起，不断打在他的脸上，他却连拨开都做不到，只能脚步踉跄地被扯着向前走。那一刻，鲁肃觉得自己就像是个没有灵魂的提线木偶。

吕蒙、甘宁各自带领本部人马想要杀出，拦住关羽的去路，却又担心伤到被关羽紧紧拽着的鲁肃，只得投鼠忌器，老老实实在后面跟着，大气儿都不敢喘。

到了江边，关羽仰天大笑。

笑罢，一把推开鲁肃，转身一个箭步跳上船。关平和周仓立刻下令开船，船队瞬间如箭一般离岸而去。

鲁肃颓然坐在江边，叹道："此计没有成功，该怎么办才好呢？"

趣味链接——三国时期美男子的标配·胡须

关羽因为胡须长得漂亮，得了一个绰号——美髯公。在本回中，他单刀赴会，长须为他的英雄行径增添风流。

古代男子以蓄须为美，有许多因为胡须出名的男子。例如，班固在《汉书》中形容汉高祖刘邦是"隆准而龙颜，美须髯"，翻译过来就是鼻梁高直、眉骨突出，鬓角和胡须很漂亮。大将军霍光也是个"白皙，疏眉目，美须髯"的美男子。

在《三国演义》中，作者也给各位英雄的胡须分了不少戏份，除了关羽的美髯，还写了曹操的胡须。曹操为了逃命，不惜割须弃袍，这代价可太大了！

《三国志·崔琰传》中记载："崔琰声姿高畅，眉目舒朗，须长四尺，甚有威重。"《世说新语》中说：曹操将要接见匈奴的使臣，为了对远方部族显示自己的威严，曹操便让相貌威武、眉清目秀且留有四尺长胡须的崔琰来冒充自己。这也间接说明了胡须对男子容貌的影响——有胡须更显威严。

中国古代历史上，胡须能和关羽媲美的，就是明代的内阁首辅张居正了，据说他的胡子长到了小腹那么长。

张辽威震逍遥津

——张文远的封神之战

话说曹操得知刘备占了西川,便改变了之前先取东吴的战略,转而进攻张鲁,最终夺取汉中,把东川牢牢握在了自己手中。

此时的西川就如同一块摆在曹操嘴边的肥肉,只要他想,随时都能攻打西川。

曹操手下有个叫司马懿的主簿,建议曹操乘胜追击,直取西川,把刘备再打回原形。

可曹操没有听从他的建议,还笑着说:"得了东川还想要西川,司马懿呀司马懿,你还真是贪心呢!""得陇望蜀"这个成语就是从这里来的。

面对曹操的调侃,司马懿眯着细长的眼,憨憨一笑,说:"丞相大人英明!若是等刘备在蜀地安定下来,怕是就不好打了。"

曹操说:"士兵远道而来,作战劳苦,需要先休整一下。就先按兵不动吧。"

曹操大军就在眼前,刘备为此忧心忡忡,诸葛亮倒是方寸不乱,因为他早就想好了一招"借刀杀人"的妙计。他派能言善辩的伊籍出使东吴,主动奉上荆州三郡——江夏、长沙、桂阳,并游说孙权进攻合肥,吸引曹操的火力。

果然,志得意满的孙权亲自率军进攻合肥,与曹操的大将张辽在逍遥津相遇。

曹操帐下名将千员,有五位战功特别卓著的将领,合称"五子良将",张辽就是其中之一。他有勇有谋，冷静沉着，就连关羽也对他赞不绝口。因此，孙权遇到张辽，可谓生平一大劫难，不仅被打得落花流水，还险些把自己的性命都搭上。

在大战揭开序幕之前，张辽曾收到曹操送的一只精美木匣，上面还有曹操亲手贴的封条。送木匣的使者说："丞相交代，等十万火急时再打开。"

孙权亲自率领十万大军抵达合肥，张辽便打开了木匣，里面写着一句话："如果孙权来了，张辽、李典二位将军出战，乐进留守。"

张辽看完密信后，将密信递给李典和乐进看了。

乐进问："将军有什么打算？"

"孙权大军压境，我军虽然人少，却需要振奋精神，全力迎敌。"

李典知道张辽炯炯的目光正笼罩着自己，但他一贯与张辽不和，听了张辽的话只是故意低头不语。乐进见状，连忙说："这以少胜多的仗，我可不会打，不如守着城池等待援兵更稳妥。"

张辽不由自主地将目光投向李典和乐进。他知道，李典一贯看不上自己，可如今大敌当前，若李典继续与自己作对，那乐进肯定会和好友李典站在一边，自己失去左膀右臂，这仗还怎么打？必须得想个办法，让两位副将与自己团结一心！

他琢磨了一会儿，一个主意冒了出来，只见他慢条斯理地对李典说："两位将军既然如此畏惧孙权，就不强求了。我张文远却不是贪生怕死之辈，我愿以微躯报效主公的知遇之恩！虽死无憾！"说罢，扭头命人备马，做出要出征的架势。

李典再也忍不下去了，猛拍身前的案几嚷嚷道："你张辽能为了主公赴死，我李典就怕上战场吗？你为公，难道我就有私心吗？好，一切听你的安排。你若是马革裹尸，我绝不活着归来！"

张辽大喜过望，立刻温言安慰，给了李典一个台阶下。而后三人排兵布阵，在逍遥津以北设下天罗地网，只等孙权兵马到来。

几天后,孙权大军来到合肥,吕蒙和甘宁做先锋,与乐进率领的人马相遇。按照事先的计划,乐进佯装敌不过吕、甘二人,诱得两人追击,与后方部队脱节。

在第二梯队的孙权听说前军得胜,没有任何怀疑,立刻催促兵马快速往前走。刚行进至逍遥津北面,忽然连珠炮响,张辽和李典各带领一队人马从一侧杀出,形成夹击之势,将孙权与前军之间的联系拦腰斩断。

孙权的耳边尽是曹军的喊杀声、炮声、鼓声、马嘶声,他不由得失声大叫:"吕蒙!甘宁!速速回援!"

可他的声音早就被曹军山呼海啸般的喊杀声淹没了,只有凌统听到了,他指了指一侧的桥,急切地叫:"主公,吕蒙、甘宁被拦在前方,暂时赶不过来,您快上小师桥,到对岸去!"

说罢,凌统冲向曹军,拦住了他们追击的步伐。眼下前军的吕蒙和甘宁还不知道什么时候才能回援,与后军的联系也被切断了,自己身边只有三百多名骑兵,只能死战到底为主公争取时间了。

孙权像做梦一般骑马冲向凌统所指的桥,可走到桥边,孙权的心都凉了。只见小师桥的南段已经被人毁掉,没有留下一块板,桥下汩汩的江水兀自滔滔,这让他如何过河?他忍不住悲叹一声:"难道我孙仲谋今天就要命丧逍遥津了吗?"

正当孙权在桥头踌躇不前时,忽然听见牙将谷利大喊:"主公,先让马后退,再蓄力冲过去!"

孙权如梦初醒,是了,他也听说过刘备马跃檀溪的事,如

今也只能一试了！想到这里，他控着战马后退了三丈远，而后狠狠一鞭抽打在马身上，那马吃痛，撒蹄狂奔，至桥边一跃而起，瞬间跳到桥南岸。

刚过桥南岸，立刻遇到了前来接应的徐盛和董袭。孙权顾不上喘息，以马鞭指向桥北身陷万军丛中的凌统，大喊："快，快去救凌统！"

这一看，孙权目眦欲裂。追随自己的三百多骑亲兵已全部战死，凌统也浑身是伤，肩头还插着半截羽箭，血染红了他和身下的坐骑。他杀到桥边，却无力过桥，只得绕着逍遥津且战且退。孙权不禁喉咙哽咽，眼泪无法自控地喷涌。

就在这电光石火之间，甘宁和吕蒙拼死杀到，挡住了张辽，凌统这才被董袭划船接走。

逍遥津一役，张辽一战成名，天下皆惊。从此，曹操营帐中的大将千员，无人敢睥睨张文远！

可东吴军中的凌统并不服张辽，他本是一员虎将，并不能洞悉张辽在逍遥津是如何运筹帷幄，打赢这漂亮的一仗，他只记得自己被逼得上天无路、入地无门，实在是憋屈，这个仇不报还是大丈夫吗？

所以等曹操亲率大军准备进攻东吴驻军的濡须口时，凌统主动提出要做先锋，挫一挫张辽的嚣张气焰。然而，凌统并不能快速打败张辽，与张辽斗了五十多个回合依旧难分胜负。孙权怕他有闪失，果断派吕蒙接他回营。

甘宁见凌统无功而返，就对孙权说："要趁曹操立足不稳，给他们一记迎头痛击才好。主公，我愿意今晚带领一百名精骑去劫曹营，吓吓曹操！"

孙权皱眉，问："一百骑？这……能行吗？曹营兵多将广，你这样太冒险了！"

甘宁拍着胸脯大笑，说："主公放心。一百骑去，一百骑回，损失一人一马，都不算我的本事！"

孙权见甘宁如此自信，当真调拨了帐下一百精锐骑兵交给他。又拿出五十坛酒、五十斤羊肉犒劳将士们。

甘宁见这一百骑兵面露迟疑之色，当即拔剑在手，怒吼道："我为上将，尚且不惜性命，你们为什么迟疑？随我建功立业，不死不休！"

众人被他鼓舞起士气，当即回应道："愿效死力！不死不休！"

当晚，甘宁带着一百名骑兵，趁着夜色，突然闯入曹军大营。他们身上罩着皂袍，帽盔上都插着一支白鹅翎作为记号。

谁都没料到，东吴军中会出这么一群不要命的，一时间全被吓得四散奔逃。甘宁原本打算直接杀入曹操的中军大帐，不承想曹操心机深沉，早在扎寨时就用车仗将中军大帐重重围拢，甘宁的骑兵被阻挡在外，根本找不到进入的口子。

甘宁见不能成事，当即率领百骑团在营寨中左冲右突、上蹿下跳，把曹营闹得天翻地覆。曹营众将士甚至不知道来了多少人马，更分不清谁是敌友，一时间人马互相踩踏而死者不计其数。

甘宁从曹营的北门一直杀到南门，见搅乱曹营的目的已达到，把手指环在嘴里发出响哨暗号，众骑立刻随着他冲出了曹营。

曹操在梦中被吵醒，听完事情的经过，吓出了一身冷汗。但因为害怕中埋伏，也不敢夜间追击。

在周泰的接应下，甘宁率领的百骑团全须全尾地回到濡须口。

孙权亲自出营迎接甘宁，拍着他的肩膀大笑道："兴霸真是我的福将，就算拿一千个张辽来换，我都不换！"

甘宁也志得意满，一杯接一杯地痛饮庆功酒。席上众人都恭维甘宁，唯有凌统闷闷不乐。他已经几次败在张辽手下，听着吴侯的话不像是在嘉奖甘宁，倒像是在给自己上眼药。于是，嘴里的酒也变得苦涩不已，咽不下去。

第二天，凌统不等甘宁开口说话，立刻向孙权请战，要再去与张辽厮杀。

曹操听说，东吴将领凌统来叫阵，顿时来了兴致，亲自到阵前观战。他微眯着眼睛，打量着对面那宽肩窄腰、气宇轩昂的凌统，不由得赞了一声："江东子弟多才俊，果然不假！"

"张辽，速速出来送死！"凌统在阵前大骂不止，可张辽是只老狐狸，修为极深，焉能被这几句激起怒火？他偏偏慢条斯理、不予理睬，乐进却忍不住，主动请缨："文远，我替你去杀一阵！"

"也好，"张辽幽幽道，"不过你要多加小心，这个凌统虽然脑子不好，体格却好得很，休要和他缠斗。"

乐进应了，拍马上阵，惹来凌统的一阵奚落："怎么？张文远贪生怕死不敢来吗？你也配和我对打？"

这话把乐进气得半死，把曹操也气得半死，当即下令让曹休朝凌统放冷箭。

曹休闪到张辽的背后，开弓一箭，射向凌统。凌统眼疾手快，身体一歪躲过。不承想，那飞驰而来的羽箭，目标却是他的战马。坐骑中箭后吃痛，大叫着不停踢踏，把凌统狠狠摔在地上。

乐进见有机可乘，举枪就刺向地上的凌统。

就在凌统万念俱灰的一瞬间，一支羽箭破空而来，正中乐进的面门，乐进闷哼一声，登时坠马倒地不起。

双方的将士齐出，将自家的将军救回，鸣金休战。

凌统回到营寨后，还以为是孙权派人相救，连忙跪倒在地磕头谢恩，不承想孙权却笑着说："傻小子，你拜错人了，救你的是甘宁！"

凌统脸一红，立刻转头去拜谢甘宁，说："甘将军，我小心眼，还嫉妒你立功，不承想你以德报怨，请受我三拜！"

甘宁连忙上前扶他起来，从此以后，甘宁和凌统成了生死之交。

孙权和曹操在濡须对战了几个月，各有胜负，张昭、顾雍等主和派担心战争旷日持久，劳民伤财，于是力主与曹操求和。

曹操见江南不能立刻攻下，也答应了，条件是东吴年年交纳贡品。而后，双方留下驻守兵马，各自班师回去了。

曹操取得了大胜，甚为得意，回到许都后就授意众大臣上表为自己请封魏王。

尚书崔琰第一个站出来反对，被曹操棒杀在监狱中。

建安二十一年（公元216年）五月，曹操被封为魏王，曹操的儿子曹丕被立为世子。

自此，曹操可以冕十二旒，乘金根车，驾六马，用天子车服銮仪，出入时肃清道路，加强警戒。这些特权让曹操一时之间比肩帝王。

其实，早在三年前，曹操就已经被封魏公，"加九锡"了，尽管付出的代价是——荀彧的性命。荀彧这个人，在风烛残年之时，坚守了一个汉家臣子的良知。他站出来坚决反对曹操请封魏公、"加九锡"，犹如螳臂当车一般，在自己的人生履历上画下自不量力且悲壮的句号。

"加九锡"，表面上看是君主赐给重臣的九种礼器，是一种荣誉。但曹操自己要，实质上代表着僭越之心，将曹操的野心暴露无遗！

但如此狼子野心，总有忠肝义胆的人出来，前有荀彧、崔琰、左慈反对他，后有耿纪、韦晃、金祎、吉邈、吉穆五位英勇的汉室臣子，不畏强权，合谋诛杀曹操，最后失败被杀。

趣味链接："加九锡"是怎么回事

在本回中提到一种中国古代的嘉奖——"加九锡"，这可是封建君主可以赐给有功勋的诸侯、大臣的最高礼遇了。

锡，在古代通"赐"，九锡就是九种特赐用物，即车马、衣服、乐悬、朱户、纳陛、虎贲、斧钺、弓矢、秬鬯。这九种规格的物品通常是天子才能使用的，一起赏赐到某一个人的身上，是天子能给予的最高礼遇。

"加九锡"这种恩典，其实在西周时期就有了，《礼记》上就有记载，是周天子赐给诸侯的恩赐。但发展到后来，权臣越来越多，"加九锡"这种恩赐就变了味道。在历史上，王莽、曹操、司马昭、高欢、杨坚、石勒等人都曾"加九锡"，虽然他们并不是都篡权成功了，但"加九锡"这种恩典已经变成了政治野心家的标配，变成了篡权夺位的"信号弹"。

定军山黄忠立奇功

——姜还是老的辣

曹操在许都时，听说平原郡有一神卜管辂，很是灵验，就将他召到许都来为自己占卜天下之事。

这天，曹操让管辂分别占卜东吴、西蜀发生了什么大事。管辂说："东吴将损失一名大将，西蜀将出兵犯界。"

曹操原本不信，但没过多久就传来鲁肃去世和张飞、马超屯兵下辨的消息。

前一个消息还不要紧，后一个消息让曹操勃然大怒，恨不得马上领兵，再入汉中，杀了那大耳贼。

但管辂却对曹操说："大王不可妄动。"

曹操这时候已经完全信了管辂的"神通"，当即派曹洪领兵五万，前去东川援助夏侯渊和张郃。

曹洪领兵来到汉中后，让张郃和夏侯渊继续据守险要，自己领兵去对付张飞和马超。然而曹洪与马超交手了几个回合后，担心有诈，不敢轻易出兵。这引起了张郃的不满。

张郃听说驻守巴西郡的守将是张飞，立刻毛遂自荐，想去和张三爷碰一碰。

曹洪担心张郃不是张飞的对手，略有犹豫。张郃见状，立刻怒目而视，质问道："怎么？难道你是担心我斗不过那个粗鲁贪杯的黑脸汉子？"

"张飞粗中有细，不可轻敌。"曹洪说。

"人人都怕张飞，我却当他是小孩子！你若不信，我便立下军令状，若我不能擒住他，甘愿受军法处置！"张郃胸有成竹地保证道。

如此，张郃调集本部一半兵马去攻打巴西郡。等到了阵前，听说张飞整天喝酒，更加轻视张飞了。

然而，曹洪的担心并不是空穴来风，大将张飞带给人的恐惧有很多种，其中一种就是"出其不意"。张郃只听说过张飞粗鲁、贪杯，却不相信他也能胆大心细、出其不意。

等到张郃夜袭张飞营寨，一枪刺向中军帐内端坐正中的人时，才醒悟过来自己中计了——那分明是一个草扎的假人！

不等张郃后退，就听见一个声音响起："张郃，拿命来！"

不是张飞又是谁？

张郃闻言如五雷轰顶，追悔莫及，拼死逃出包围圈，损兵折将不说，还被张飞的伏兵夺了大寨。

张郃只得退守瓦口关，这次不敢再轻敌了，反复设计想引张飞进埋伏圈，报前几日之仇，可张飞根本就不上当。

张郃无奈，只得收聚残兵，坚守不出，却不承想，张飞在当地百姓那里探听到从北口攻入瓦口关的小路，一举打败了张郃。

张郃带着仅剩的十几人逃回去见曹洪，气得曹洪破口大骂："我不让你去，你立下了军令状非去不可。如今将士折损，你不自尽，还回来做什么？"说罢，就要让刀斧手将张郃推出去军法处置，幸好有郭淮劝阻，这才留得一命。

之后，张郃领命前往葭萌关，牵制刘备兵力。

葭萌关的守将之一孟达听说张郃领兵前来，执意要去迎敌，结果大败而归，只得一面坚守不出，一面向成都告急。

诸葛亮得到军报后，召集众将议事，故意做出一副大惊失色的样子，叫道："啊呀呀，张郃是曹操手下名将，除了翼德，无人能抵挡得住。可惜翼德守在巴西郡，这可怎么办才好呀？"

这番十分明显的激将法还是成功地把一位老将军给惹毛了。

他就是黄忠。

黄忠原本是刘表的部下，后来归长沙太守韩玄统属。关羽攻打长沙时，黄忠投靠了刘备，之后屡立战功，真可谓老当益壮。

他身材壮硕，举手投足间稳健有力，丝毫不见老态。若不是两鬓染霜，一抹雪髯飘洒胸前，根本不像老人家。

听见诸葛亮说没人能抵挡得住张郃，黄忠"腾"地一下站起来，声如洪钟般叫道："军师难道以为我们军中没人了吗？我黄汉升虽然老朽，愿斩张郃人头，给各位将军助威！"

诸葛亮摆扇轻笑："唉，黄老将军，你虽然英勇，但已年迈，那张郃正当壮年，勇猛无匹，你恐怕不是他的对手啊！"

黄忠双目圆睁，怒发冲冠，说："我虽然年老，但双臂还有千钧之力，能拉得开硬弓！我比那廉颇一点也不逊色！如何打不过张郃？"

说着话，黄忠大步走下堂，从兵器架上取下一口大刀，手腕一转，舞得虎虎生风；放下刀后，又拿起硬弓，"啪"的一声，直接将弓身拉断了；又换了一张硬弓，又拉断了。

大帐中众武将不由得喝彩："好！老将军好勇猛！"

诸葛亮连连点头，说："黄将军，看来这次葭萌关你是非去不可了呀！如此，就请挑选一员副将同行吧。"

赵云站了出来，说："我愿意为黄将军副将，助他一臂之力！"

黄忠还没来得及说话，一旁的老将严颜大声道："赵将军，不必劳动你。黄将军为主将，我愿为副，你且看看我们这些老家伙还剩几分能耐！"

黄忠冲着严颜点头示意，而后两位老将相视一笑，说不出的惺惺相惜。

赵云等众人都走后，才私下里找诸葛亮，不解地问："葭萌关事关重大，军师为何要派出两位老将出马呢？如果葭萌关失守，益州就危险了。这……"

诸葛亮微微一笑，说："子龙这是担心我鲁莽点将，误了大事？"

赵云连忙躬身致歉，说："子龙不敢，只是不明其中所以……"

诸葛亮摇扇哈哈大笑，说："你认为他们二人老迈，不能成事，我却料定汉中一定是从他们二人手中取得。这回老将要立功了！"

不仅是赵云对黄忠、严颜两位老将出战有不解，就连葭萌关的守将孟达、霍峻也都不敢相信自己的眼睛，心下纳罕："这么紧要的地方，怎么军师只派了两个老将过来？"

待黄忠、严颜上阵后，张郃直接嘲笑出声："我说老头！你们这么大年纪了还要跑到战场上来，不会是来找死的吧！哈哈哈哈！"

黄忠双目怒睁，举刀喝道："匹夫笑我年老，怎么不敢上前来尝尝我这宝刀的滋味？我手中的这把宝刀可不老！"

说完，黄忠拍马挥刀向张郃冲去。

张郃原本以为黄忠上了年纪，精力不济，就在对战时故意兜圈子，好让黄忠多耗费些力气。谁知二十个回合下来，黄忠气不长出、面不改色，倒把张郃吓了一跳。当下便再也不敢大意，认认真真地对战起来。

谁知没有斗几个回合，忽然听见背后喊杀声大起，原来是严颜领着一队人马抄小路绕到张郃大军后面搞突袭。黄忠见严颜已经到位，也不再拖延时间，当即和严颜前后夹击。

张郃大吃一惊，急忙回军，却已经来不及了，被黄忠、严颜两个老头杀了个丢盔弃甲，一连撤退八九十里。

"小张将军，我们两个老头子还中用吧？"黄忠在后面追着无情地嘲笑，他故意将张郃称为小张将军，实在是说不尽的讽刺。不过张郃此时逃命要紧，哪里还顾得上人家的话难听不难听？

曹洪得知张郃这次又输了，还是输给了两个老头，顿时气不打一处来，要不是担心逼得太急，张郃会倒戈，曹洪又要责罚他了。

正在这时，夏侯惇的侄子夏侯尚和降将韩玄的弟弟韩浩主动请缨，要去协助张郃，曹洪无将可派，只得同意了。

这夏侯尚仗着是名门之后，一点不把张郃放在眼里。张郃将他们迎入帐中，出于一番好心，详细讲述了黄忠和严颜如何老奸巨猾，不可轻敌。

夏侯尚听了之后哈哈大笑，根本不当一回事儿，说："张将军，两个老头子就把您吓成这样子了？待我明日出战，为您报仇雪恨！"

第二天，夏侯尚出阵与黄忠缠斗，韩浩也紧跟着出阵夹攻。斗了几十个回合后，黄忠便故意装出体力不支的样子，手里的刀也乱了章法，他找了个机会拍马就跑。夏侯尚心中暗暗发笑，握紧手里的枪紧追不舍。

不一会儿，夏侯尚和韩浩便追出去了二十里地，逼着黄忠和严颜放弃营寨逃跑了。

夏侯尚得意扬扬地回营，众将士都来恭贺他大胜，只有张郃提醒道："夏侯将军，黄忠这老家伙必然有诡计，你千万小心。"

夏侯尚不以为然地笑笑。

第三天，夏侯尚又把黄忠赢了，追出二十里，再次夺了黄忠的营寨。夏侯尚更加得意了，当天晚上饮酒烤肉，玩乐到后半夜。张郃借着中间敬酒的空当儿，再次提醒夏侯尚说："黄忠这老贼连退了两日，不知道憋着什么坏主意呢，将军千万小心……"

他的话还没说完，就被夏侯尚粗暴地打断："张将军，你如此胆怯，难怪屡战屡败！

黄忠不过就是我的手下败将罢了，你怕黄忠，我却不怕。你如今还是不要多嘴了，看我们如何建功吧！"

一番话又是挖苦又是讽刺，张郃顿时羞臊得满脸通红，酒也喝不下去了，只得讪讪离席。

一连几天，黄忠都被夏侯尚和韩浩追着跑，连败数阵，一直退到葭萌关上。而后，黄忠就守在葭萌关上，紧闭城门，任凭夏侯尚如何骂阵，他通通当听不见。

黄忠和严颜每天在关上吃饱了就睡觉，偶尔还一起喝酒，在城头上看风景，那副无忧无虑的模样，把葭萌关守将孟达急得觉都睡不着。

他越想越担忧，索性半夜爬起来给刘备写了一封密信，将黄忠战败及后续事宜通通报告给刘备。

刘备看了这封"小报告"也颇为担忧，赵云甚至毛遂自荐去救葭萌关，唯有诸葛亮不以为然地笑了笑，说："这是黄老将军的骄兵之计，你们不必担心。"

赵云瞪大眼睛，吃惊地说："不会吧？这……"

诸葛亮悠然望着夜空，说："黄老将军几十年戎马生涯，浑身都是胆，他还能对付不了一个毛头小子夏侯尚？我看啊，他一定是在打天荡山的主意。"

诸葛亮果然神机妙算。黄忠到了葭萌关便观察地形，发现曹军的粮草大营正在天荡山上，于是想出了个连环计——先令夏侯尚放松警惕，而后去夺曹军粮草。

孟达收到诸葛亮的亲笔回信，十分纳闷地去问黄忠，黄忠说得和诸葛亮一模一样。

孟达惊道："军师是神人啊，竟然能未卜先知！黄老将军也是神将啊，竟然和军师想到一处了！"

严颜却冷冷地一笑，说："你前几天怕不是这么想吧？俗话说'人老奸，马老滑'，我们这两个老头子吃过的亏，比小将军你吃过的盐还多呢！且看看我们是如何破敌的，才叫你心服口服。"

孟达一抱拳，说："老将军勿怪，是我有眼不识泰山！"

黄忠一笑，说："一连几天闭门不出，孟将军也闲坏了吧。那夏侯尚也松懈得差不多了，今晚正好去杀他个痛快！"

当天夜里，黄忠身先士卒，率领五千人马出关突袭夏侯尚的营寨，一口气夺下三重营寨，直杀得夏侯尚丢盔弃甲，逃向天荡山——夏侯尚的哥哥夏侯德正奉命驻守天荡山的粮草大营。

夏侯德听到小校报告说黄忠率领部将一路追杀而来，忍不住仰天大笑："这老匹夫有勇无谋，一点兵法都不懂。"

张郃忍不住开口提醒说："黄忠有勇有谋，不能轻敌啊。"

夏侯德却说："蜀兵一路追击，疲惫不堪，追来就是送死！这就说明他没什么谋略。"

"就是！我不过就是没有防备，才在他手上吃了大亏。若给我三千人马出去迎敌，我定能取黄忠首级。"不光是夏侯德，就连在黄忠手里吃了大亏的韩浩，也依旧不把黄忠放在眼里。

夏侯德闻言，给韩浩拨了三千人马，让他去迎战黄忠。

黄忠征战一夜，脸上却丝毫不见疲态，挥刀上阵，只一个回合就斩了韩浩，把夏侯尚吓得面色苍白，急忙和张郃一起围攻黄忠。

黄忠横刀立马，哈哈大笑，说："小兔崽子，居然看不起我老人家！都尽管来吧，让你们尝尝我的厉害！"

三人战了不到十个回合，忽然听见天荡山后传来大喊，回头一看，就见天荡山上火光冲天，烈焰沸腾，很快便山腰、山谷都是火。夏侯德想领着将士们去救火，却被老将严颜手起刀落，斩落下马，其他曹军将士被砍杀、被烧死者不计其数。张郃和夏侯尚被熏得面目黢黑，眼见回天乏术，只得狼狈逃往定军山投奔夏侯渊去了。

这一仗，黄忠和严颜不仅斩杀了几员曹军大将，烧毁了曹军粮草大营，还缴获了不

少曹军落下的粮草、马匹和军械。刘备帐下从将军到军士无不对黄忠和严颜两员老将心服口服。

可黄忠并不满足于这点成就，他休整完毕后又请命去夺定军山。

刘备闻言大喜过望，若是能乘胜夺下定军山，再平定汉中，那整个益州就全是自己的地盘了，以后进可攻、退可守，何愁大事不成。想到这里，他当即决定亲率十万大军，以赵云、张飞为先锋，去平定汉中。

见到黄忠后，诸葛亮又拿出激将法，言说夏侯渊非张郃之流可比，又说要到荆州搬关羽，把老黄忠气得吹胡子瞪眼，当下就说："我这次连副将都不要，只需率领本部三千兵马，就能攻下定军山，取下夏侯渊的首级。军师若是不信，我大可以立下军令状。"

诸葛亮再三不许，黄忠坚持要去，诸葛亮这才装作勉为其难的样子答应了黄忠的请战，但要求黄忠带上法正做监军，凡事要和法正商量后再行动。

黄忠一听可以出战，全都答应了下来。

黄忠走后，刘备笑着问诸葛亮："军师明明就打算让黄忠出战，何必又要来这一出激他呢？"

"夏侯渊精通兵法，黄老将军虽然勇武过人，但遇上夏侯渊怕是要吃亏。这一出不过是为了让他心甘情愿带上法正出谋划策罢了。即便如此，还得暗中派赵云、刘封、孟达等人作接应，如此才能保证万无一失。"诸葛亮耐心地解释说。

刘备这边的安排暂且不提，且说在许都的曹操，当他得知天荡山失守，刘备亲自率军攻取汉中的消息后，当下决定亲率四十万大军出征迎敌。

大军到南郑时，曹操听说夏侯渊一直避战不出，过于示弱，当即写了一封信，命他出战。曹操担心夏侯渊性情刚烈，容易中对方的奸计，信中还十分亲切地鼓励夏侯渊："优秀的将帅应该有勇有谋，我十分期待看到你的妙才，千万不要让我失望啊。"

夏侯渊如同打了鸡血一般，定下诱降计，第二天就要出战，活捉黄忠，建功立业。

黄忠自从来到定军山下，曹军就按兵不动，难免有些心急，这天终于见到山上曹兵下来挑战，立刻派牙将应战，结果牙将最近一段时间太过松懈，掉以轻心，中了曹军的圈套，被夏侯渊仗着山势便利打了个落花流水。

黄忠听闻后，慌忙找法正商量对策，法正马上附在黄忠耳边悄悄说了几句话，黄忠听了大喜过望，连声赞叹"好计"。

当天下午，黄忠就将所携带的美酒、好肉都拿出来犒赏三军，众将士大快朵颐，连日的辛劳一扫而光，高声叫道："愿意死战，愿意死战！"

黄忠威风凛凛地一马当先，大手一指前方曹军大营，说："他们要当缩头乌龟，我们就步步为营逼他们出战，今日拔营前进数里，明天再前进数里！我就不信他们能一直忍着不出战！谁要是能斩了夏侯渊，赏黄金百两！"

众将士群情激奋，依计而行。

这一招果然将夏侯渊逼得坐立难安，想要出战。

张郃苦苦相劝："这是黄忠的反客为主之计，出战必会失败。"

"这还不出战，难道任由黄忠这老匹夫把我困死在山上吗？"夏侯渊根本听不进去，他早早听说了魏王到南郑屯兵准备攻打刘备的事，一直惦记着速战速决，好去魏王跟前杀敌立功呢！

结果，他派出去的夏侯尚，只一个回合便被黄忠生擒。直到这个时候，夏侯渊才追悔莫及。

黄忠得胜大喜，紧接着听从法正的建议，半夜夺下了定军山对面的一座高山扎寨，这回等于来到了夏侯渊的脸前，与曹军遥遥相对。

夏侯渊立刻披挂整齐，要亲自出战。张郃急忙扯住他的胳膊，劝道："夏侯将军，不要中了黄忠的奸计！他们埋伏在对面山中，我们不知道底细，贸然进攻风险太大，还是继续坚守不出，等待机会吧！"

"等什么机会？难道等黄忠的刀放到我的脖子上？"夏侯渊狠狠地扔下一句话，扭头冲出大帐，拨马来到对山脚下。

夏侯渊借着朝阳远眺，只见山上雾霭蒙蒙，影影绰绰看到一些旗帜，也看不清对方究竟有多少人马。想到这里，夏侯渊心里一惊，但很快又回过神来，命军士将山下团团围住，擂鼓骂阵。

谁知山上黄忠的将士就如同聋了哑了一般，无一人应声。

周遭死气沉沉，如同一座巨大的坟茔。夏侯渊心中很是不安，他知道这是黄忠的拖延之计，但他不甘心，又命将士狠命击鼓骂阵，一直从上午骂到下午，骂到人困马乏。

见将士们都支撑不住了，夏侯渊下令大家都下马休息片刻。

不承想，变故就发生在一瞬间。

山腰上传来三声炮响，原本的白色旌旗瞬间换成红色，紧接着，一队人马如同神兵天降，从山顶飞速冲下来。带头的正是老将黄忠，他雪白的长须在风中飘舞如鬼魅，一瞬间就冲到夏侯渊身边，手起刀落，就将夏侯渊砍成两段。

曹军士兵见状，吓得魂飞魄散，生不出一点抵抗的心思，纷纷四散逃走。张郃原本还想逃回定军山，刚走到半路上，就遇到了从定军山逃出来的杜袭，定军山也已经被刘封、孟达占据了。

张郃无奈，只得往汉水方向去，同时派人将定军山的情况飞报曹操。

曹操听闻夏侯渊的死讯，失声痛哭。因为急于给夏侯渊报仇，给了刘备可乘之机，很快便被杀得大败而逃，最终只得退兵回许都了。

定军山这一战，拉开了刘备建立蜀汉政权的序幕。刘备占了汉中以后，拒绝了众人推举他做皇帝的建议，自称汉中王。儿子刘禅被他立为王世子，诸葛亮为军师，其他有功之臣依次获得官职和封赏，关羽、张飞、赵云、马超、黄忠五人被封为五虎上将。

趣味走取链接

说一说"五虎上将"

在本回中,定军山一战,将近70岁的老将军黄忠一举将曹魏名将夏侯渊斩杀,立下奇功。刘备自立为汉中王后,封关羽、张飞、赵云、马超、黄忠为五虎大将军。

其实,陈寿最早作《三国志》时,只是将这五人并列合为一传,并未提出"五虎上将"的概念。但随着后来三国故事在民间的广为流传,话本、评话、戏曲等文学作品对他们的故事有着不同程度的改编和加工,这五人就被合称"五虎上将"。下面,就让我们简单了解一下这五位蜀汉名将的功绩吧。

序号	人名	功绩	名场面	结局
1	关羽	早期跟随刘备辗转各地,立下汗马功劳	过五关斩六将	败走麦城,失手被俘,孙权命人将其斩首
2	张飞	早期和关羽一起追随刘备左右	长坂桥退曹兵,江州义释严颜	被范疆、张达刺杀
3	赵云	是继关羽、张飞之后最早追随刘备的将领,也是经历大小战役无数	长坂坡单骑救主,截江救阿斗	病逝
4	马超	归降刘备后与刘备军合围成都	逼得曹操割须弃袍	病逝
5	黄忠	归降刘备后,随刘备入川作战	定军山一举斩杀曹魏名将夏侯渊	彝陵之战中被潘璋的部下放箭射伤,不治身亡

关云长水淹七军

——水攻这事儿，关二爷是行家啊

话说刘备自立为汉中王这件事，在曹操听来简直既荒谬又不可思议，但刘备真的就做了。不仅做了，还将为自己请封的奏表送到了许都。曹操看到奏表，又头痛了好些日子，恨不得立刻发兵，给刘备一点颜色瞧瞧。

"一个卖草鞋的小贩，居然也敢称王！我发誓要将他灭掉！"

主簿司马懿笑着说："大王何必亲自去打刘备呢？眼下不是有一把更快的刀吗？"

曹操饶有兴味地问："哦？谁呀？"

"孙权，"司马懿不慌不忙地说，"刘备赖着荆州不还，孙权恨不得吃他的肉、扒他的皮，我们只需要派一个能言善辩之人前去挑拨，还怕孙权不去收拾刘备吗？"

"哈哈哈！好计！"曹操拊掌大笑。

不久后，曹操派使臣满宠到东吴联合孙权，孙权十分动心，但诸葛瑾却从满宠那双精光四射的眼睛里看到了阴谋。于是，他建议孙权借联姻之名去试探一下关羽对东吴的态度。要是关羽答应了，就和他一同商议攻打曹操的事。要是关羽不答应，那就协助曹操攻打荆州。

谁承想，关羽一听诸葛瑾说是来替孙权的儿子提亲，立刻勃然大怒，说："我家的将门虎女怎么会嫁给孙家那样的小子呢？"

骂完犹觉得不解气，叫来侍卫将诸葛瑾也赶了出去。

关羽的行为直接激怒了孙权，孙权彻底放弃了与刘备结盟的想法，召来文武官员商议如何夺取荆州。

步骘说："曹仁现在就在襄阳、樊城一带屯兵，曹操明明可以自己攻打荆州，却反倒挑唆主公出手，十有八九是想坐收渔翁之利。主公不如给曹操去一封信，让曹仁先从旱路发动进攻，关羽率兵迎敌之时荆州必定空虚，此时我们再出兵攻打荆州，就能不费吹灰之力了。"

孙权听从了他的计策，当即派使者过江，请曹操出兵。很快，曹操与东吴勾结，想要夺取荆州的消息也传到了蜀中。

诸葛亮知道消息后长长叹了一口气。当初他离开荆州时，对关羽千叮万嘱，要他一定要团结东吴，共抗曹操，否则三足鼎立的政治态势难以维系。不承想，关羽一时冲动，就将东吴得罪得彻彻底底！

荆州是一块肥肉，总有许多人惦记。这也在诸葛亮的意料之中，但眼下，孙权倒向曹操，派吕蒙在陆口屯兵，而曹操将兵发荆州，虎视眈眈。荆州腹背受敌，确实有些难办。

"这局势，云长一人可能应付不来，得派个人去帮他。"

"派谁过去呢？"刘备问。

"前部司马费诗，可以让他给云长送去'五虎上将'的官诰，让云长先出兵攻下樊城，务必行动迅速，让敌军胆寒，到时候危机自然就瓦解了。"

关羽见到费诗，寒暄了几句后，就问起兄长册封"五虎上将"的事来。

费诗笑着说："云长将军您自然是五虎上将之首了，这是不必说的。其余四位是翼德将军、子龙将军、孟起将军和黄老将军。"

关羽听完卧蚕眉微皱，说："翼德与我是跟着兄长一起起事的自不必说；赵云跟随我兄长时间很久了，也理所当然；马超乃名门之后、世代良将，确实英勇善战。那黄忠是什么人？居然也要和我同列？一个快入土的老家伙，怎么能忝列上将？"

费诗微微一笑，说："云长将军这话说得可就不对了。将军最爱读史书，自然知道从前萧何、曹参和高祖一同举大事，最为亲近。那韩信不过是后来才降了高祖，可高祖单单封了韩信为齐王，位在萧何、曹参之上。可萧何、曹参也不曾有丝毫不满。现在汉中王虽然封了五虎将，但您和主公始终是兄弟，同休戚、共祸福，其他人如何能和您相比呢？若是将军计较这些，岂不是辜负了汉中王封黄忠为五虎上将的苦心？"

关羽听了这才恍然大悟，他郑重地向费诗拜了两拜，说："是我糊涂了，要不是有您的指教，我就要耽误大事了。"

于是，关羽拜受了"五虎上将"的印绶。费诗这才出示了刘备的旨意，命关羽率军攻打樊城。军师的意思都传达完毕了，见关羽一切调度妥当，费诗辞别关羽回蜀中去了。

关羽很快打败曹仁，夺回了襄阳。接下来的目标就是渡过襄江，攻打樊城。为了防止东吴趁机窃取荆州，关羽命人在江边筑起烽火台，派遣将士们日夜把守，一旦发现东吴军队渡过长江，立刻点烽火报信。

"东吴的吕蒙是个厉害角色！"有人提醒说。

"一个不学无术的酒囊饭袋罢了！"关羽嗤之以鼻，"我听说他大字识不了几个。"

"他自然不如云长将军这般文武双全，不过还是需要提防一下。"

但很明显，关羽没有听进去。

关羽听说逃到樊城的曹仁因为畏惧自己，还专门去找曹操搬救兵。很快又听说，曹操派来的大将是庞德，关羽又不由得卧蚕眉微皱起来。

"这庞德……莫不是马超的旧部下？"

"是的，他曾经追随马超将军，是西凉小有名气的一员猛将……"

第二天，关羽终于在战场上见到了传说中的庞德。

庞德的身后是抬着棺材的军士们。

在夏日灼热的阳光下，那口棺材显得很突兀，散发着阴森可怖的气息，令人不寒而栗。

这是什么意思？关羽的丹凤眼半睁，静静地打量着棺材以及棺材前的汉子。

西凉人身材高大健硕，庞德也不例外，盔甲覆盖着的仿佛是一头熊罴，满腮的钢髯根根直立，都透着凶狠。因为天气炎热，不断有汗珠顺着他的脸颊滚落。

庞德的这口棺材，其实是他的军令状。

曹操非常欣赏庞德，接到曹仁的求助信，第一个想到的就是庞德。于是加封于禁为征南将军，庞德为征西都先锋，令他们领兵支援曹仁。

可是于禁却担心庞德曾经是马超手下的副将，和马超私交不错，如今马超是蜀地的五虎上将之一，庞德的哥哥庞柔也在蜀地做官，很难保证庞德不会有什么想法。

曹操不了解庞德，更不知道庞德和马超的交情到了哪一步，也不由得生出几分担忧。他十分干脆地叫来庞德，命他交还先锋印信。

庞德立马跪倒在地，问："我誓死为大王效忠，大王为何不肯用我？"

曹操便将自己的顾虑说了，庞德立刻磕头如捣蒜，说："从前的旧主也好，哥哥也罢，情谊全都断绝了。我自归降大王以后，时刻不敢忘记您的厚恩，就算肝脑涂地，也难以报答，怎么会还有别的想法呢？"

曹操亲自上前扶他起来，安抚说："你不会背叛我，我自然也不会辜负你。"

为了安曹操的心，庞德回到家后就命人打造了一口棺材，第二天邀请亲朋好友到家中来做客，指着棺材说："我要去樊城和关羽决战了，若是我能杀了关羽，这口棺材就是给关羽准备的；若是杀不了他，就放我的脑袋！总之，这口棺材绝不会空着回来。"

有人将这话报给曹操，曹操惊喜万分，说："庞德如此忠勇，我还有什么可担心的呢？"

庞德与亲友、家人告别后，就带着这口棺材出发了。

来到距离关羽营寨不到三十里的地方，庞德放出豪言道："关羽又如何？我今天就要他的命！瞧瞧，棺材都给他抬来了！"

早有探马将此话飞报给关羽，关羽见对方如此藐视自己，早已动怒，喝道："天下英雄听到我的名字，无不变色，庞德倒是嚣张得很！"

说完，他就准备提刀上马，去阵前砍了这个不知所谓的匹夫。

其子关平连忙劝慰道："父亲，您怎么能以泰山之重，去跟一个顽石争高下呢？儿子愿意代替您去会会这庞德。"

关羽勉强同意了，让关平大胆去，自己在后方替他压阵，随时准备接应。

关平来到阵前，就看到对面魏营皂旗下一袭青袍、银铠，手提钢刀，身骑白马的先锋庞德。

关平先是大声问候了庞德这位"背主之贼"，接着与庞德大战了好几个回合，不分胜负。

关羽一看，怒不可遏，冷着脸拍马上前，亲自迎战庞德。庞德见关羽横刀出阵，大喊了一声"来得好"，便拍马上前与关羽战到一处。

五十个回合过去，一百个回合过去，未分胜负。

关羽暗暗心惊："在我手下能过一百回合，这西凉汉子果然是猛将！"

庞德也是这样想的。

第二天一早，二人又战，依旧分不出高低。两口大刀寒光四射，两边的将士都看得目瞪口呆。

庞德见久战不克，便使出一招"拖刀计"迷惑关羽，只见他将刀垂下，扭头就跑；关羽艺高人胆大，也不害怕他的诡计，果断地追上去。不料庞德竟偷偷将刀挂在鞍鞯上，摸出弓箭就射向关羽。

关平看到庞德的小动作，大喊道："贼将不要放冷箭！"

然而这提醒还是晚了，关羽看过去的时候，就见一支羽箭"嗖"地劈空而来，关羽想躲，已经来不及了，他下意识地一偏身子，那箭不偏不倚扎入了他的左臂！

关羽痛得在赤兔马上一抖，那赤兔马极有灵性，已然明白主人受伤不轻，不等主人喝令，立刻扭头奔回。

庞德一心想取关羽的性命，拍马就追了上来。关平这时也快马冲出阵，来救关羽。

庞德还想绕过关平继续追关羽，忽然就听见背后传来一阵急促的锣声，这是战场上召唤将士罢兵归营的信号。俗话说"鸣金收兵"就是这个意思。

庞德纳闷："为什么不让我乘胜追击？我眼看就要立功了！"他本想不理会，谁知锣声一阵紧过一阵，他担心后军有失，又想到自己乃是归降之将，不得不服从主帅于禁的命令，只好悻悻而归。

这一切确实是于禁搞的鬼，他可不想让庞德立功，盖过自己去。所以，当庞德质问为什么要鸣金收兵时，于禁只是淡淡地说："魏王有令，关羽有勇有谋，不可轻视。虽然他中了你一箭，只怕有诈，因此鸣金收军，只待仔细筹划。"

庞德一愣，但也无计可施。

当天晚上，不甘心的庞德便向于禁请战，准许他去劫关羽的大营："关羽被我伤了，军心不稳，今夜正是大好时机啊！"

于禁却笑着打哈哈："哎呀，庞老弟，今日上战场厮杀辛苦了，我给你准备了酒宴，我们痛饮一番吧！"

"可……"

"可什么可？关羽的伤一天两天也好不了，咱们从长计议，以免中了他的奸计。"

说话间，于禁便拉着庞德去喝酒，一连喝了好几天，根本不提劫营的事。

庞德干脆天天去关羽营寨前辱骂诋毁，试图逼迫关羽出战。关平见状，直接紧闭隘口，封锁消息，让关羽安心养伤。

庞德无计可施，又去找于禁商量，想以大军强攻关羽营寨，可于禁担心庞德成功，抢占大功，一直推三阻四，不肯出兵。

不仅如此，为了防止庞德悄悄行动，他还将七军大营迁移到樊城之北十里的一处山谷里，依山扎寨。这处山谷名叫罾口川，顾名思义，是一处四面有陡峭山岭，只余一处出口的地方。于禁自己的营帐扎在这唯一的出口处，而庞德被安排在山谷的深处屯兵，这让庞德想出也出不去。

庞德失去了到关羽营寨外骂阵的机会，只得在自己的营帐里喝闷酒。

紧接着，天降大雨，一连下了好几天。

这天，雨下得特别大，仿佛天河决堤。庞德在西凉极少见到这种雨势，不由得望着雨幕出神，有个副将在一旁提醒道："将军，这雨一时半会停不了，我们的营寨在山谷中，这是兵家大忌啊！一旦发水就危险了，不用等关羽来攻，我们也没法活着出谷！"

庞德道："你说得对，我得去告诉于将军！"

副将悄声道："有人跟于将军提过了，他根本不当回事，还将提醒者骂了出去，说他是在扰乱军心！"

庞德怒道："这个糊涂鬼！"

庞德亲自去找于禁，自然又碰了个钉子——于禁只当庞德要抢功劳，对他的话置之不理。

庞德气不过，又见于禁油盐不进，便打算先将自己的军队转移到别的地方去。当天夜里，正当庞德和几个副将商议如何挪营时，忽然听见外面传来好似万马奔腾的巨大响动。

庞德等人连忙出帐查看，瞬间就被眼前的景象惊呆了——

只见一大股洪水活像脱缰的野马群，"哗啦啦"地向谷口涌进来，幽深的山谷中顷刻就灌满了水，曹军的营寨瞬间被冲垮，无数人马随着水流浮浮沉沉。

天空一声闷雷滚过，更大的雨兜头浇下来，庞德的心瞬间凉了。

原来，这正是关羽的神来之笔——水攻之计。

自从关羽在庞德手上吃了亏，心里对庞德既怒又恨，胳膊上的伤势刚愈合，他就迫不及待地冒着大雨登上高处去观阵。

当他发现于禁把营寨安在山谷中时，忍不住大笑出声："于禁真是个草包！安营在低处，这不是故意给我水攻的机会吗？"

要说起水攻，关羽可是个行家，当年新野之战后，关二爷放水淹曹仁，差点就要了曹仁的小命。如今再来一次又何妨？

想到这里，关羽当即命令将士们堵住附近的各个泄水口，单等连绵秋雨涨起襄江水，好放大水淹了于禁的七军。

关平等人听了关羽的妙计，都佩服得五体投地，当即听从关羽的吩咐，分头行动，堵塞河道、准备船筏和水具。

天公作美，大雨不绝，几天后，襄江水就涨满了。寻了一个月黑风高雨急的夜晚，关羽命人扒开了朝着山谷的水口。

"曹军尽数喂鱼去吧！"关羽负手而立，望着黑沉沉的夜色轻声说。

趣味走取链接

关羽的死对头——吕蒙

在本回中，东吴的著名将领吕蒙再次现身。在前几回中，我们已经领略过他的风采了。吕蒙是继周瑜之后江东最杰出的军事代表人物。鲁肃死后，吕蒙代其督军，屯兵陆口，对荆州虎视眈眈。

吕蒙可以算得上是关羽的死对头——正是他第一个提出要剿灭关羽，后来也是在他的主导下，东吴从蜀汉手中抢回了荆州等地，扩大了自己的版图，实现了"全据长江"的霸业。

可你肯定想象不到，这样一个为东吴立下不世奇功的人，曾经居然大字不识一个。吕蒙小的时候，家里很穷，十四五岁他便跟着姐夫邓当上了战场，没有机会读书。

后来做了将领之后，东吴的其他文臣武将都觉得他斗大的字不识几个，一点儿政治远见都没有，常常轻视他。孙权看在眼里，就劝吕蒙说："你如今身居要职，最好多看点儿书、多学习，这样对你有好处。"吕蒙却不以为然，觉得读书没什么要紧的。结果，结结实实挨了孙权一通教训："多读书，能开阔你的眼界。我要处理整个东吴的事务，比你忙多了，尚且坚持读书学习，你怎么能说读书不重要呢？"吕蒙顿时羞愧难当，自此之后，他便抓住一切时间读书学习，知识越来越渊博，以至于文臣和他争辩时都感到理屈词穷。

后来，吕蒙与鲁肃交谈，分析起天下形势来头头是道，令鲁肃都感到震惊。这就是"士别三日，当刮目相看"的典故。

关云长刮骨疗毒

——硬汉是怎样炼成的

话说关羽在罾口川放水,平地积水都有一丈多深,将谷中的曹军淹得好惨。七军乱窜,被大水淹死、冲走的将士不计其数。

于禁、庞德分别带着一小队人马拼命爬上一处高地避水,这才逃过一劫。

刚挨到天亮,就看到关羽和众将领摇旗擂鼓,乘大船杀来。

于禁四下张望,见身边只有五六十人,根本无路可逃,当即非常识时务地表示愿意投降。关羽将他捉起来后,关进船中,又去擒庞德。

庞德看到关羽前来,奋然上前应战,关羽下令一起来的船只将四周围住,军士一齐放箭,庞德身边的大半魏兵被射死。

关羽朗声问庞德:"庞德,何不早早投降?"

庞德身边的将士听了都窃窃私语:"我们已经无路可逃了,不如投降保命……"

庞德听了这话,挥起宝刀一连斩杀两人,虎目环视四周,问:"还有谁要投降?"

众将士讷讷不敢出声,可流矢越来越多,包围圈越来越小,曹军接连中箭倒地,最后只剩下了庞德一个人。

"庞德,还不投降吗?"

关羽语气中满是蔑视与嘲讽，激起了庞德的怒火。

他红着眼珠，拼命挥舞手中的宝刀，砍瓜切菜一般放倒了围攻他的兵卒，又趁着荆州兵划船靠近，想要捉拿自己时，奋力夺过一条小船，划船逃生。

他一手持刀，一手划桨，四处躲避围剿过来的荆州军，寻找逃生之路。

就在庞德越划越快时，忽然，从上游冲下来一只快船，"砰"的一声巨响，就把庞德的船撞翻了。

驾船的人正是周仓！

原来，周仓水性超群，见庞德想要划船逃跑，便自告奋勇去擒拿庞德。别看周仓的身形壮硕，一到了水上却变得十分灵活，驾船的技术更是一流。那小船被他摆弄得服服帖帖，如同一条大鱼般在江面上钻来钻去，很快便瞅准了空子，撞上了庞德的船，把庞德这个西凉汉子撞进了水里。

庞德不识水性，在水中猛灌了一通水，险些被呛死。周仓踩着水看热闹，等庞德挣扎到精疲力竭，没有了反抗之力，这才上前一把抓住他的头发把他拽上木筏。

剩下的魏军将士见将领被擒，知道自己无路可逃，也纷纷投降了。关羽回到自己位于高处的营寨，升帐而坐，命人将于禁和庞德都押上来。

关羽睥睨着狼狈不堪的庞德，冷笑一声，说："西凉小子，你服不服？"

庞德不服气地说："要杀便杀，废什么话？就是把我千刀万剐，我也不服你！"

关羽不怒反笑，好言相劝："良禽择木而栖，你的旧主马超如今也在蜀中为将，效忠我兄长汉中王。你何不仿效他，早点投降呢？"

庞德冷笑一声，说："大丈夫顶天立地，我就算死，也不愿意投降于你！"表明态度后，庞德更是骂声不绝，只求一死。

关羽久久不语，最后看了一眼庞德，挥手让人将他推出去斩了，而后怜惜他的忠义，下令将他厚葬。

一旁的于禁，早被吓得魂飞魄散，见关羽斜斜地瞥了一眼自己，立刻磕头求饶："关将军，我愿意投降，别杀我，别杀我！"

关羽轻蔑地说："猪狗一样的家伙，杀你脏了我的刀！"于是命人将于禁绑起来，送回荆州大牢中关押。

解决完俘虏后，趁着水势未退，关羽带着人马浩浩荡荡地去攻打樊城。此时的樊城四周已经被一片汪洋包围了，如同一座孤岛。城墙被水浸泡，渐渐有垮塌的趋势。守将曹仁下令城中百姓和士兵一起搬运土石堵塞缺口。可茫茫大水如何能堵得住呢？眼看着城墙就要坍塌了，曹仁被吓得胆战心寒，生了弃城逃走之心。

满宠正色道："将军万万不可退却啊！如果樊城失守，黄河以南都会被关羽收入囊中，魏王呕心沥血打下的基业，不能白白拱手让人啊！请将军以大局为重啊！只要坚守下去，要不了多久大水就会退去，我们的援军也会到来。"

曹仁闻言浑身一震，攥紧拳头，说："先生说得对，我领受魏王命令，一定会誓死守卫樊城！从今日起，凡是有投降之心的，斩立决！"

"我们愿意与将军一起死守樊城！"众将领纷纷说道。

曹仁十分高兴，在城上部署了几百名弓弩手，又让军士们昼夜巡逻，防备关羽突然袭击。

没几日的工夫，大水退了，关羽带人来到城下叫阵。他立马扬鞭，指着城头上的曹仁大骂："于禁已经被我擒了，你何不早早投降？"

曹仁看着城下气焰嚣张的关羽，怒道："弓箭手，给我射！"

一时间箭矢如急雨般落下，关羽急忙勒马后撤，但右臂还是被一支箭羽射中，瞬间从马上跌落下来。

原来，关羽轻敌，出来骂阵并没有穿全套铠甲，只匆匆披了一件掩心甲。

眼看着关羽落马，关平马上带人上来救援。曹仁也火速率军从城中杀出，双方厮杀

了一阵后，关平救下关羽回营。

待军医拔出关羽右臂上的箭后，才发现那箭上竟然被人涂了毒药——曹仁自从下了死守樊城的决心，便让将士们把所有武器都涂上了毒药。

眼下，关羽受伤的那条臂膀肿得老高，颜色青紫，看样子毒药已经渗入骨髓。关平见了心疼不已，关羽倒是面不改色，只是右臂抬不起来，行动诸多不便。

关平强忍住在眼眶中打转的泪水，说："父亲眼下伤势不轻，不如暂且退回荆州养伤，再图后事。"

其他人也七嘴八舌地劝说："是啊，关将军，你手臂上的毒若是不能解，这条胳膊怕是就要废了，以后还怎么打仗呢？不如先回荆州治疗吧。"

关羽卧蚕眉怒挑，丹凤眼圆睁，怒视着关平及众将士："眼下马上就要攻克樊城了，一旦攻下樊城，就可以长驱直入打到许都曹操的老巢去，完成我兄长匡扶汉室的大业。怎么能因为这点小伤就耽误我兄长的大事呢？你们劝我退兵，是何居心？"

众人吓得不敢再言语，只得默默退了回去。

可是几天之后，关羽的伤势越来越重，大家到处寻访名医，都治不好。因为毒和箭伤，关羽夜里也睡不安稳，开始发烧，急得关平嘴上生了许多火泡。

这天，营寨外忽然来了一个方巾阔服、面容清瘦的老者，自称是华佗，听说关将军中了毒箭，特意上门来救治。

守门的小校喜出望外，一路飞奔去请关平。关平早就听说了神医华佗的大名，喜得涕泪交下，一路殷勤周到地把华佗引入关羽的大帐前。

关羽因为胳臂疼痛难忍，又担心自己的伤势动摇军心，于是强忍着剧痛，披衣坐起与马良下棋。

听说华佗来了，他立即让人请进来，客客气气地见礼、赐座。

华佗顾不上跟众人客气，喝完茶后就要求看看关羽的伤口。待仔细察看过伤口后，华佗说:"箭头上涂了乌头之毒,毒性已深入骨髓,如果不是遇上老夫,关将军这条臂膀就保不住了。"

关羽微微一笑,问:"请问先生,如何医治?"

华佗捋着白须说:"治是不难治,就是治疗的法子听起来会令人胆寒。"

"哦?说来听听……"关羽又是展眉一笑,气定神闲地说,"这世上还没有能吓着关某的事。"

"需要刮骨疗毒。"

关羽依旧半垂着眼皮,漫不经心地问:"怎么个刮法?"

"要找个安静的场所,立根木桩,上面安个结实的粗铁环,关将军把手臂穿过去,以麻绳紧紧固定,再用棉被蒙住关将军的脑袋……"

"这么琐碎啊?"关羽笑着打断道,"神医不如直接说如何刮骨?"

"这些只是避免刮骨时您害怕挣扎,"华佗解释后继续说,"然后我用刀割开皮肉,刮去骨头上所中的毒,再敷上药,以针线缝合伤口……这个过程剧痛难忍,稍有不慎就会前功尽弃……"

关羽闻言又笑了,说:"就这样啊?这个容易,也不用拴什么铁环?先生就在这里直接刮吧。我关云长半生出生入死,还怕这点痛楚吗?"

华佗蹙眉,劝道:"这……老朽知道关将军是大英雄,可这割皮剜肉之痛,实在非常人所能忍受啊!老朽本来备有麻沸散,可以让你感觉不到痛楚,可又担心除不尽余毒……"

"先生不必担心我,尽管医治就是。"关羽微微一笑,命人备下酒席,而后一边喝酒,一边继续和马良对弈。

华佗见状,挽起袖子,仔细净了手,又让一旁的小校去寻一个大盆来,吩咐说:"待会儿我割开皮肉时,你端着盆接住血水。"

小校闻言脸色一变，关平立刻上前接过大盆，半跪在关羽身边，轻声道："我来。"

华佗点点头，打开随身携带的布囊，摸出几个药罐，又展开一卷布，上面整整齐齐地插着各种刀与针。华佗端详了一眼关羽的手臂，取出一把窄且修长的尖刀，毫不犹豫地割开伤处。鲜血如细泉汩汩而下，滴滴答答落入盆中，那声响令人心惊肉跳。

华佗割开口子后，继续向深处下刀，直到看见泛青的白骨，才换了一把刀，用力刮着骨头表面的青黑。

"唰唰唰！"刮骨的声音回荡在营帐中，所有人都屏住呼吸，掩住面目，不忍心直视这一幕。

唯有关羽，一边喝酒吃肉，一边捏着棋子稳稳放在棋盘上，不见一丝颤抖，也看不出任何痛苦的神色。下到得意时，他还展颜一笑，对马良说："该你了。"

跪在地上的关平只觉得双臂越来越重，等到盆中的血快要接满时，华

佗才停止刮骨。他从药罐中取出药末，敷在骨头上，又一层层缝合伤口，最后包扎好伤处。

关羽试着轻轻舒展伤臂，顿时大笑出声："先生真不愧是神医，这胳膊伸展自如，一点儿也不觉得痛了！"

华佗闻言也笑了，说："老朽一生行医，也从未见过像关将军这样铁骨铮铮的英雄，真乃神将下凡啊！"

关羽为感谢华佗治好了自己的伤，特意摆酒设宴款待华佗，又拿出黄金百两酬谢，华佗摆手婉拒，说："老朽又不是为了这份酬金来的，不过是听说关将军的高义，才特意来为您医治。"

见华佗坚决推辞不肯接受，关羽当即抱拳行礼，郑重答谢道："那就多谢先生出手相帮。要不是先生，我这具残躯恐怕已经入土了。"

华佗还礼，叮嘱道："关将军，虽然毒已经清了，但箭疮还未痊愈，接下来的一百天内还要精心养护，不可掉以轻心，尤其是不能动怒，以免伤口崩裂。"

关羽笑着说："多谢先生提醒，关某记住了。"

趣味链接 神医华佗

现在的人们形容一位医者医术高明时,常常会用到"华佗再世"这个成语,这说的就是本回中为关羽刮骨疗毒的神医华佗。

华佗一生行医各地,足迹遍及安徽、山东、河南、江苏等地。他精通内、外、妇、儿、针灸各科,对外科尤为擅长。

之所以擅长外科手术,是因为他发明了古代的麻醉剂——麻沸散,可以为病人减轻或消除手术过程中的痛苦。这可是个了不起的成就,比美国医生摩尔顿的乙醚麻醉术早了一千六百多年。

因为医术高明、诊断精确、疗效神速,华佗与董奉、张仲景并称为"建安三神医"。还被后人奉为"外科圣手""外科鼻祖"。

华佗不仅善于治病,还特别提倡养生之道。为了帮助人们强身健体,他还发明了一套健身操——五禽戏,通过模仿老虎、鹿、猿、熊、鸟等动物的动作,达到锻炼身体的目的。相传,他的弟子精心研习这套体操,有活过一百岁的。

败走麦城关羽归西

——英雄的末路悲歌

关羽生擒于禁、斩杀庞德的事迹传开后，威震华夏。就连在许都的曹操听说后，也惊愕变色，匆忙召集文武官员商议对策："我向来知道云长智勇盖世、天下无敌。如今他得了樊城，必然挥师北上。我帐下虽有大将千员，可谁能敌得过关羽呢？不如迁都避祸吧！"

众人听了都满面愁容，唯有司马懿站出来说："主公，您过分忧虑了。这次关羽依靠水战才侥幸打了胜仗，并不是他有多强大。我们目前也并没有败，如果现在退却，反倒会给刘备可乘之机。如今关羽得了荆襄之地，最担心的应该是孙权。主公不如派人去联络孙权，催他出兵，从背后暗袭关羽，如此樊城之危就能解除了。只需要答应事成之后给孙权一些好处，他怕是巴不得拔去关羽这颗眼中钉。"

这番话给了曹操希望，他马上派徐晃到樊城西北的阳陵坡驻扎，同时派使者联络孙权。孙权此时正因为关羽气得眼珠子胀痛呢，哪有不答应的道理？

在陆口屯兵的吕蒙听说了孙权有意与曹操联手对付关羽的事，连夜乘小舟回来见孙权，提议可以趁着关羽外出，进攻荆州。孙权和他一拍即合，命令他回去整顿军马，准备起兵取荆州。

可吕蒙万万没料到，等他派人沿江探查情况时，才发现关羽早已预判了他们的计划——关羽在荆州沿江上下每隔二三十里设有一座烽火台，只要荆州有一点风吹草动，晚上放火，白天放烟，关羽须臾就能知道。

吕蒙顿时懊恼不已，自己已经在主公面前许下承诺，可眼下关羽的安排，让他一点办法都没有，想了半天，他决定先装病，按兵不动，静思良计。

孙权得知吕蒙病倒的消息，心急如焚，派陆逊前去探望。陆逊一到，见吕蒙全无病色，就猜到了吕蒙是心病。他附在吕蒙耳边悄悄说了一计，吕蒙立刻掀被而起，心病瞬间被治愈了！

"伯言，你可救了我了！"

几天后，关羽接到了陆逊的一封信，措辞十分客气，大意是说：吕蒙快要病死了，已经被吴侯接回建业养病去了，由我接替他驻扎陆口，我对关将军十分景仰，特来信表达仰慕之意。

不得不说，这个马屁拍得关羽十分舒服，他哈哈大笑："陆逊虽然是个无名之辈，倒是很有礼貌。"

谋士马良疑惑道："这里面会不会有什么阴谋？"

关羽不以为然地一笑，说："一个无名之辈，能有什么本事？不足为惧！东吴如今能让我担忧的，不过吕蒙一人罢了。"

因为这份轻视，关羽很快便下令将荆州的大半兵马都调走，去增援樊城——徐晃在距离樊城七八里地的地方扎营了，若想拿下樊城，必须增加兵力。

关羽和徐晃在樊城附近扎寨对峙，随时准备交战。

而东吴这边，听说荆州的大半兵力被撤走后，吕蒙当即开始行动了。他按照陆逊的计策，点兵三万，将精兵藏于船舱中，单挑出一批懂水性的士兵，打扮成客商模样，在船上摇橹。这些船只伪装成客商行商的船队，趁着夜色停靠在江边的烽火台下。

负责守卫的荆州兵上前盘问，"客商"便机灵地答曰："我们都是做生意的客商，夜里江上风大，没有地方停泊休息，所以才来这里避避风，请大爷们行行好吧！"

说话间，就有"客商"捧着好些财物来孝敬守台的士兵。

荆州兵听他们说话都是江陵口音，不疑有他，同意他们停靠在岸边休息。"客商们"千恩万谢，又拿出好些酒肉犒劳守台的士兵，不一会儿就把他们都灌醉了。

到了夜半时分，藏在"客商"快船中的精兵一拥而出，快速夺下烽火台，守台的士兵全都被他们捆起来抓到船上，一个人都没有走脱。

而后依法炮制，将沿江的各处烽火台都这样神不知鬼不觉地攻占下来，一丝烟火都没来得及放出。

快到荆州时，吕蒙又威逼利诱被俘的守台士兵，让他们去叩开荆州城门，兵不血刃地占了荆州。紧接着，又派人劝降了驻守公安的傅士仁和驻守南郡的糜芳，大获全胜。

这一切，远在樊城的关羽一点都不知晓。他自己驻守在樊城外，将关平派到郾城屯兵，廖化派到四冢屯兵，前后一共十二道寨栅，连续不断。

而远在许都的曹操却已经得到了东吴的密信，请求曹操与东吴夹击关羽，还千般叮嘱不要泄漏消息，让关羽有所防备。收到消息的曹操，第一时间就传令徐晃，务必想个办法让关羽知道——关羽担心荆州有失，一定会很快退兵，到时候再让徐晃乘势掩杀，就可以大功告成了。想到这里，曹操决定亲率大军去洛阳之南的阳陵坡驻扎。

徐晃收到曹操的指示后，十分鸡贼地准备从关平这里突破。他亲自率军到郾城，派出的几名将士在与关平交战时，都佯装不敌，将关平引出去老远，等关平意识到中计时，郾城已经被徐晃带兵占领了。

逃跑的半路，又被徐晃阻击，徐晃还得意扬扬地告诉关平："贤侄，你们荆州都已经被东吴占领了，你怎么还在这里猖狂啊？魏王的大军马上就要到了，要不你还是早点投降吧。"

关平又怒又急，乱了章法，被徐晃追着打，后来连廖化的四冢大寨也被徐晃攻破了，关平和廖化只得一路逃回大寨见关羽。

关平忧心忡忡地对关羽说："父亲，徐晃说吕蒙夺了荆州……"

关羽不悦道："这不过是曹军故意放出的谣言，扰乱军心罢了。那吕蒙病入膏肓，这会儿说不定正在阎王爷面前点卯呢，哪还有工夫取荆州？"

说话间，徐晃已经杀到关羽寨前，口口声声要关羽出战。

关羽便披挂整齐，要亲自出阵对战徐晃。关平担心他的箭伤，关羽却安抚地笑着说："别担心，小小徐晃还不是我的对手，待我上阵去斩了徐晃的首级，稳一稳军心。"

说罢，关羽以左手提着青龙偃月刀，骑上赤兔马，傲然出阵，所过之处，曹军将士人人色变。

徐晃冲着关羽拱手大笑，说："君侯，多年不见，没想到您的头发、胡子都白了啊！"

关羽乜斜着丹凤眼，笑着说："我和你也算交情深厚，你为何今日要将我儿子逼到这个份儿上？若不让你见识一下我青龙偃月刀的厉害，你怕是都要忘记了吧？"

"君侯的脾气还是这么大！"徐晃在马上哈哈大笑，而后回身对自己的部将厉声喝道，"今日谁能取关云长首级，赏黄金千两！"

关羽大怒，挥起青龙偃月刀便劈向徐晃，二人辗转斗了八十多个回合，未分胜负。关平担心父亲箭伤未愈，有什么闪失，连忙鸣金收兵。

关羽回寨后，还没来得及喘口气，忽然就听到营寨外喊杀声震天，原来是曹仁带兵杀来了。他和徐晃前后夹击荆州兵，荆州兵顿时乱作一团，战力全无。

关羽提刀跨马出营，只见天地之间尽是曹魏的大军。他一时神情恍惚，竟然呆立不动。

"父亲，快走！"关平的一声怒吼将关羽惊醒，他急忙拍马冲出包围圈，带着众人朝着襄阳方向奔去。

半路上，密探带来荆州、公安和南郡失守的消息，关羽当即气得疮口迸裂，昏倒在地。

"荆州出事，沿江的烽火台为何不举火？"关羽一睁眼，立刻问道。

密探答道："吕蒙让士兵假扮客商，白衣渡江，悄无声息地劫了烽火台。"

"我一时大意，中了贼人的奸计，还有什么面目去见兄长？"关羽痛苦地闭上双眼，懊恼不已。当初来攻打樊城前，司马王甫就强烈反对，担心有捉襟见肘、首尾失顾的危险，可自己却志在必得，对他的话不屑一顾。如今悔恨难当，可又有什么用呢？

管粮都督赵累及时开口打断了关羽的懊恼："关将军，如今不是伤感的时候，得赶快向汉中王请求援兵。"

关羽依言派人入蜀，他自己则准备去打荆州，若是能将荆州夺回来，也算是将功折罪了。

可此去荆州的路上，前有吴兵，后有魏兵，关羽可谓举步维艰。正在惆惶之际，吕蒙又使出攻心计。他在关羽行进的途中安排了许多荆州本地的士兵和老百姓，举着一面写着"荆州土人"的大旗招摇。

关羽想上前斩了这面动摇军心的大旗，无奈丁奉、徐盛两路人马从山岭中杀出，与蒋钦等人马一起将关羽困在战场中央。

关羽手下的荆州士兵听着四面山岗上的连连呼唤，有的喊儿子，有的唤兄弟，一时间军心大乱，纷纷叛逃，最后只剩下三百余人。

关羽一直战至三更天，才等到关平、廖化的救援，杀出重围。但眼下的损失实在太大了，不得已，关羽打算先去麦城站住脚，再派廖化杀出重围，去向附近的上庸守将刘封、孟达求救。

刘封本是刘备的义子，喊关羽一声叔父，接到关羽的求助后，当即就准备带人前去支援。

可孟达却冷笑一声，说："你把他当叔父，他可未必把你当侄儿！我听说，当初汉

中王立世子的时候，问关羽的意见，关羽坚决反对立你，说你是什么螟蛉之子，不算嫡亲的子嗣。他这一句话就把你的前程全毁了！若将军你是汉中王世子，又何必被困在这小小的上庸城呢？"

刘封听了沉默不语，半晌后终于下定决心，旋即来到堂上，对前来求助的廖化说："廖将军，我上庸兵少，且民心未定，不敢轻易出兵，你们还是静待汉中王的援军到来吧！"

廖化闻言大吃一惊，声泪俱下，跪在地上连连磕头哀求："如果您不出兵，关将军恐怕就活不成了！求您救救关将军！那可是您的叔父呀！"

"我今天就算是去了，也不过是杯水车薪，如何抵挡得住曹魏与东吴大军呢？将军还是快点回去吧。"

说完，刘封和孟达也不等廖化再言语，直接拂袖而去。

廖化悲愤至极，却又无可奈何，只得骑马向成都狂奔而去，他心里只有一个念头——但愿关将军能挺到主公的援兵到来。

被困麦城的关羽度日如年，苦盼的上庸援军迟迟不见踪影，他手里一没有粮草，二没有兵马，窘迫之状难以形容。这位老将已经愁得好几天没合眼了。

这天，城下忽然有人喊话，说东吴诸葛瑾前来拜望。

关羽命人放他入城，诸葛瑾见了关羽，开门见山地把劝降的意思说了："识时务者为俊杰。我家主公爱才，十分欣赏关将军，若关将军肯投降，我家主公仍愿意与您结为儿女亲家……"

关羽横眉立目冷声道："玉可碎而不可改其白，竹可焚而不可毁其节。我关羽与汉中王情同手足，怎么会背信弃义投靠东吴孙权那鼠辈呢？"

"可这麦城危在旦夕，将军不替自己与家人考虑考虑吗？"

"城破之日，一死而已。"关羽平静地说。

诸葛瑾急道:"云长将军,你何必执迷不悟呢?投靠东吴,一样可以匡扶汉室啊!"

关羽怒而拔剑,指着诸葛瑾,说:"你还不走?若不是看在军师的面子上,你早就身首异处了!"

诸葛瑾连连叹息,摇头而去。

司马王甫等诸葛瑾去后,急忙从屏风后出来,对关羽说:"将军,上庸的援兵迟迟不到,必是刘封和孟达有了异心。咱们不能坐以待毙了,不如放手一搏!"

"怎么搏?"

"不如弃了这座孤城,突围回西川,日后整兵再卷土重来。"王甫提议说,"将军,事不宜迟,你今晚就走。"

关羽面色凝重,道:"好,我从北门走小路,到西川还快一些。"

王甫急忙阻拦:"不行,小路凶险,孙权一定会设下埋伏,反其道而行之才稳妥,走大路吧!"

关羽说:"你放心,就算有埋伏,我也不怕。"

王甫哭着说:"将军,您路上一定要小心,我和剩下的残兵老卒死守麦城,等着你回来。"

关羽与王甫含泪告别,留下周仓和王甫一同镇守麦城,自己则带着关平、赵累和二百多名士卒冲出北门。

王甫望着关羽远去的高大背影,在心中不住地祈祷:"只盼天公开眼,放将军一条生路……"

可天公偏偏不作美,关羽刚出城不过二十多里,就遇到了东吴大将朱然,而后一步步走进了吕蒙设下的天罗地网。

关羽和关平且战且逃,最后身边只剩下十几个人。

五更将尽时,一行人逃到一处两边都是山,山上长满芦苇、败草、树木的地方,关

羽心中顿感不妙,还来不及反应,就见两侧伏兵尽数出动,长钩、套索一同使出,瞬间,赤兔马就被绊倒在地,关羽翻身落马,还来不及挣扎,就被潘璋的部将马忠抓获。

关平见父亲被擒,火速来救,被潘璋和朱然率军团团围住,最后力尽被擒。

马忠押着关羽父子来见孙权,孙权望着须发苍白、五花大绑的关羽,心头浮起难以抑制的窃喜:"这威名远扬的汉寿亭侯还不是落到了我的手里?"想到这里,孙权的心情简直比当年接替兄长坐镇江东时还要澎湃。

孙权志得意满地说:"云长,我向来欣赏你,想要和你做儿女亲家,你为何屡次拒绝我呢?你向来觉得自己天下无敌,还不是被我擒获了?你现在服气了吗?我如今全据长江,他刘备哪能跟我比?你若是肯归顺于我,封王拜将,享不尽的荣华富贵在前头呢!"

关羽丹凤眼半垂,轻蔑一笑:"碧眼鼠辈,要杀就杀,废什么话?我与汉中王八拜之交,发誓要匡扶汉室,怎么会与你这贼子为伍?"

孙权被骂得脸色惨白,却又实在舍不得杀关羽,问众手下如何办。

有个叫左咸的主簿上前道:"主公,关羽留不得。想当年曹操对他是何等礼遇,尚且留不住他。他与刘备的交情非寻常人可比,金银财宝更不能动其心。主公今日好不容易抓住了他,若留下他一命,日后必受其害,不如斩草除根。"

孙权听了一愣,心头隐隐不舍,问:"非杀不可?"

"非杀不可!"左咸坚定地说。

张昭也出声建议说:"主公可将关羽的首级送给曹操,还能祸水东引……"

孙权的脸色转忧为喜,立刻命人把关羽父子推出去斩首,把关羽的脑袋装入一只精美的木匣,送到曹操面前。

曹操听到关羽的死讯,起初不相信自己的耳朵,连问了三遍,这才喃喃自语:"云长,哈哈哈哈!云长,你真的死了,我终于可以睡个安稳觉了……"

台阶下的司马懿走出来说:"大王,先别高兴得太早,孙权将关羽的首级送过来,分明是嫁祸之计,不可不防!"

"此话怎讲?"

"刘、关、张三兄弟一贯情谊深厚,如今东吴杀害关羽,刘备必要复仇。东吴害怕刘备的报复,故意将关羽的首级送来,就是想让刘备迁怒于大王。不如大王厚葬关将军,令刘备知道我们对关羽的态度,转而去全力攻打东吴。刘备与孙权,不论谁输了,我们都不吃亏!"

曹操闻言大喜:"照你说的办。"

于是,等东吴使臣捧着匣子呈给曹操时,曹操开始了他的表演——他笑着对关羽说:"云长,别来无恙!"

谁承想,话音未落,匣子里的关羽张开了嘴,眼睛也动了动,曹操吓得魂飞魄散,瘫软在地。惊惧交加的曹操也不敢再折腾了,匆忙下令以王侯之礼厚葬关羽,赐荆王,亲率文武百官拜祭。

葬礼结束后,曹操突然想起一件事,问:"当年赠给关羽的那匹赤兔马呢?还在东吴吗?"

一旁有人轻声说:"那马绝食死了。"

"好马!可惜了!"

趣味链接

奇货可居,三国时期的商人有野心

在本回中,陆逊使出"白衣渡江"计,让士兵扮成客商模样,骗开烽火台,夺取荆州。那你知道三国时期的商人是个什么地位吗?

在秦汉时期,为了鼓励农耕经济,国家重农抑商,打击商人阶层,再加上儒家认为商人"重利轻义",因此出现过很长时间的"贱商"观念,汉高祖刘邦甚至禁止商人穿着考究、华丽的衣裳。

到了汉末三国时期,由于社会动荡,一些商业巨贾用财富换取社会地位。例如,刘备娶的糜夫人,娘家就是富商。糜夫人的两个哥哥糜竺和糜芳是徐州城的富商,在刘备穷困潦倒之际,糜家兄弟果断投资,追随刘备数十年,成为儒商的典范。刘备入主益州时,糜竺被封安汉将军,位在军师诸葛亮之上。

但尽管糜家为了汉中王刘备倾囊而赠,依旧被关羽轻视,这也直接导致了后来糜芳的倒戈。